だめになった僕

井上荒野

INOUE ARENO

小学館

だめになった僕
目次

だめになった僕

1

［現在］

1［現在］

音村綾

街路樹の桜はもう散りかけている。

東京の春は生暖かくて、埃《ほこり》くさい。

東京に来るのは四年ぶりだった。吉祥寺の街はすっかり様変わりしている。いや——実際のところ、わからない。四年前、この街に来たときの印象が曖昧だから。あの日、私は井の頭公園で涼《りょう》さんを見かけて、そのせいであの日は忘れてしまいたい日になったから。今日の私には、吉祥寺が見知らぬ、よそよそしい街に見えるけれど、それは私の心のせいかもしれない。この街にはもう涼さんはいない——いや、私が会いたい涼さんはいない。

それなら私は、どうして今、街をふらふら歩いているのだろう。あまり眠れないまま、朝食も食べずにホテルの部屋を出て、この街で何を探しているのだろう。

井の頭公園に足は向かなかった。かわりに私は繁華街の路地に入って、古ぼけたペンシルビルの前に立っていた。ばかみたい。ここに来たって、どうにもならないのに。涼さんがいるはずもないのに。いたとしたって、ひとりじゃないかもしれないのに。四年前、井の頭公園の橋の上で一緒にいた女の人は誰だったのだろう。ずっと心の奥底に押さえつけていた疑問が、どうしようもなく浮かび上がってくる。

でも、小さな看板の佇《たたず》まいも、そこに刻まれた文字も、私の記憶のままだった。「ギャラリーいなだ」。物音が聞こえた気がして、私は狭くて急な階段を覗き込んだ。

男の人が脚立《きゃたつ》を脇に抱えて上がってきた。慌てて避けた私を、不審げに見る。

「搬入ですか」

「あ?」

男の人には私が言った意味がわからないみたいだった。

「オーナーは、下にいらっしゃいますか。あの、私、以前ここでバイトしていて」

「下には誰もいないよ」

男の人は面倒臭そうに答えた。

「ここは居酒屋になるんだよ。ギャラリーの人が亡くなって、そういうことになったみたいよ」

「亡くなった……?」

男の人はもう返事をせずに、そそくさと離れていった。私は恐る恐る階段を降りた。ドアにもまだ看板と同じ文字があった。けれどもそれは開け放たれていて、ギャラリーの中は空っぽだった。

　展示品がないのはもちろん、ソファもテーブルも、ワイングラスや趣味のいいコーヒーカップが並んでいた食器棚も運び去られていた。オーナーが死んだ。そのことが、まだうまく理解できない。私がここで働いていたとき、稲田さんは五十歳くらいだった。五十歳だとすれば、今は六十代半ば――死ぬにはまだ早すぎる。さっきの男の人の口ぶりだと、亡くなったのは最近という感じだった。病気だったのだろうか。事故だろうか。悲しむには関係が浅すぎ、時が経ちすぎているけれど。

　冷蔵庫も撤去されていて、奇妙だがそのことがいちばん悲しかった。稲田さんは食べることが好きで、冷蔵庫には彼が入手したおいしいものやめずらしいものが入っていた。私はあの冷蔵庫を開けて、ブッラータというチーズのことも知ったのだった。


　ホテルに戻ってバイキングの朝食をとり、自分の部屋へ入った。

　化粧をしているとスマートフォンが鳴り出した。夫からだ。

「起こしちゃった？」

「今、起きたとこ」

　私は嘘を吐いた。眠れずにいたことも、街をうろついていたことも、夫には知られたくなかった。

「今、電車の中なんだ。デッキからかけてる。渉《わたる》も座席で待ってる」

「え？　どういうこと？　渉も？」

「さっき電話があって、今日の予約、キャンセルされたんだ。だったら綾《あや》の晴れ舞台を見に行こうと思ってさ。渉も行きたいって言うし。開始は午後一時だろ？　十分、間に合うから」

「晴れ舞台って……そんな大げさなものじゃないんだけど」

私は苦笑した。今日の午後一時から、西荻窪のブックカフェで開催されるのは新刊のサイン会だ。たしかに、そういうイベントが行われるのは、私が漫画を描きはじめてからははじめてのことではあるのだけれど——。

それとともに、当日の朝のキャンセルというのはちょっと非常識だと思った。そのことを夫に言うと、旅行メンバーに不幸があったらしい、仕方ないよなという答えだった。

「明日は予約、ふた組入ってるよね？」

私は漫画家を兼業しているけれど、うちの稼業はペンションだ。

「わかってる、俺たちはサイン会が終わったらすぐ帰るよ。綾はゆっくりしてくればいい」

「一緒に帰るよ、私も」

結局、そういうことになった。本当は、サイン会の後は編集者の野々村《ののむら》さん、ブックカフェのオーナーさんと、「打ち上げ」の食事会をしてから最終の「あずさ」に乗る予定だったのだが、仕方がない。夫と息子を先に帰して、自分だけ食事に行くというわけにもいかないだろう。私が漫画を描くことを、今は夫も認めているし応援してくれてもいるけれど、ペンションの仕事を夫と母に任せて上京していることには、やっぱり負い目を感じてしまう。

電話を切った後、私はしばらくぼんやりしていた。サイン会のために夫と息子が今、長野の山の麓《ふもと》からこちらに向かっているということが、稲田さんの死同様に、なんとなくうまく体の中に落ちていかなかった。いや、ようするにこれは、稲田さんの死に動揺しているということなのだろう。私はそう考えることにした。夫と息子に私の「晴れ舞台」を見てもらえるというのは、喜ぶべきことだ、と。

また、スマートフォンが鳴った。野々村さんからだった。今日は午前中に、取材を二件受けることになっている。その打ち合わせだろう。

「荒らしの件なんだけど」

でも、野々村さんは、前置きもなしにそう言った。荒らし。その件はもう終わっているはずだった。一年ほど前、私の漫画が連載されているサイトのコメント欄にぞっとするような写真をアップしたり、漫画を中傷するコメントをしつこく書き込んだりする人がいて、しばらくの間悩まされていたのだが、法的対処を考えはじめたタイミングで、ぴたりと書き込みが止まっていたのだ。

「綾さんには言ってなかったけど、やっぱり心配でね。サイン会とかトークショーとか、人前に出る機会がこれから増えるだろうし。それで、プロバイダに情報開示の請求しても時間がかかりすぎるから、まずはうちのヘルプデスクの人に調べてもらったんだよね」

　野々村さんはそこで言葉を切った。続きは会って話したいとのことで、これから私の部屋へ来ると言う。いやな予感がした。そのとき私が考えていたのは、涼さんのことだった。

　野々村さんを待つ間に、私はスマートフォンで、コミックサイトの「ありふれた人たちのここだけの話」のページを開いた。二週間に一回更新している。最新話では、長い間旅に出ていたブッダラタというキャラクターが帰ってきたというエピソードを描いた。

　サイト内の「お知らせ」欄の一番上には、固定の告知として、「荒らし」への警告が掲げられている。これを出してすぐ、「荒らし」はなりをひそめた。それでも私は、ブッダラタを描く気にはなれなかった。これまで、とりわけ荒れたのが、ブッダラタが登場する日だったからだ。

　でも、サイン会の開催が決定し、東京へ行くのだと思ったら、どうしてもブッダラタを描きたくなったのだった。涼さんへのメッセージとして。「お知らせ」欄の「荒らし」への警告のすぐ下には、サイン会のことが今日の日付入りで告知されている。もしも涼さんがときどきこのサイトを見てくれているなら、東京でのサイン会の告知とともに、ブッダラタの帰郷が描かれていたら、何かを感じてくれるかもしれないと思っていた。

それは私が、「荒らし」は涼さんではないと信じることにした、ということでもあった。

話すタイミングを間違えたと、野々村さんはしきりにあやまっていたけれど、私は彼女の話を聞いた後、二件の取材をまずまずうまくやりおおせた。

そういう意味では、私よりもむしろ野々村さんのほうがショックが大きかったのかもしれない。びっくりして、後先考えずに私に伝えてしまったらしい。何かの間違いだとも思っていて、私と話せば、誤解が解けるんじゃないかという期待もあったようだ。

でも、私は野々村さんの話を聞いて、すんなり納得してしまった。完成しないままのパズルの最後のピースがようやく見つかったような、霧が晴れたような気さえした。私は野々村さんに、サイン会に夫と息子が向かっていることを話した。会場での対応を考えなければならなかった。相談しているうちに落ち着いてきた。

ホテルのカフェで昼食をとって――グラタンとスープを、私はちゃんと全部お腹に収めることができた。腹が減っては戦《いくさ》はできぬ、というやつだ――、タクシーでブックカフェに向かった。店内に客はポツポツといたけれど、夫と息子はまだ来ていなかった。私は少し店内を見学した後、野々村さんやオーナーと一緒に、店の奥の事務室で開始まで待機した。家族が到着すれば事務室を覗くだろうと思っていたが、あらわれないまま、サイン会の開始時刻になった。

野々村さん、オーナーに付き添われて出て行くと、私の著書を積み上げた台の前に、三十人あまりの客が列を作っていた。挨拶をするために台のほうへ進み出たとき、私は一瞬、体がふらりと浮くような感じがして、思わず台の縁を摑んだ。最初に目に入ったのは涼さんだった。四年ぶりだし、ひどく痩せていたけれど、すぐにわかった。白いTシャツの上に焦げ茶色のコーデュロイのシャツを羽織っている。下は古ぼけたデニム。いつも、さりげないけれどセンスがいい格好をしている人だったけれど、今日は精彩がない。痩せすぎているせいだろうか。痛々しいくらい手足が細い。目だけが異様にギラギラしていて、私をまっすぐに見ている。

そうして、その後ろに夫と息子がいた。夫と目が合い、夫が息子に話しかけて、二人でこちらに向かって手を振った。私も小さく手を振った。涼さんの表情が変わった。自分に向かって手を振ったのだと思ったのかもしれない。でも、すぐに状況を察したようだった。後ろで話している夫と息子の声が聞こえたのかもしれない。涼さんは一度、私の夫と会っている。振り返れば夫は、思い出すかもしれない。涼さんは振り返らなかった。ただ、背中を緊張させているのがわかった。

「こんにちは。音村綾です。みなさま、今日は、来てくださってありがとうございます」

私は短く挨拶をした。どうにか、来場者に不審に思われない程度にはやり遂げたと思う。

サイン会がはじまり、私は用意された椅子に座って、差し出されたコミックスの扉にペンを走らせた。宛名。自分の名前。その横に、好きなキャラクターのイラストをひとつ。加減と、それに自分の気持ちもわからず、一冊ずつ馬鹿丁寧に描いてしまい、列はのろのろと進んだ。私は手元に集中して、目を上げないようにしていた。でも、あと何人で涼さんが私の目の前に来るのかを、無意識で数えていた。

私はとうとう耐えきれなくなって、顔を上げた。私の前ではにかんだ微笑を浮かべている女性の後ろが涼さんだった。涼さんは今はじっと俯《うつむ》いている。その後ろに、夫の顔があった。夫のほうが涼さんよりも背が低い。それなのに顔が見えるのは、夫が伸び上がるようにして、涼さんの体の横から顔を出してこちらを見ているからだった。夫はニコニコしていた。たぶん、しっかり手を繋《つな》いでいるのだろう、渉が夫のほうに引き寄せられていた。

「ありがとうございます」

自分の声が、他人の声みたいに聞こえた。私がサインしたコミックスを手に取った女性がなんどもお辞儀しながら離れていき、空いたスペースに涼さんが立った。涼さんは、ほかの人たち同様に、事前に購入してあったのだろうコミックスを私の前に置いた。私の隣に控えている野々村さんがそれを開いて、サインをする扉のページを出した。その間、私は一度も涼さんを見なかった。じっと手元に目を据えていた。

涼さんは整理券を机の上に滑らせた。宛名を書いてほしい人は、そこに名前を書くことになっている。

線を一本ずつ慎重に引いたみたいな筆跡で、涼さんの名前が書かれていた。

祥川《さちかわ》　涼《りょう》
「お願いします」

と涼さんは小さな声で言った。それでも私は顔を上げなかった。ただ、頷いた。

私はサインペンをコミックスの扉に押しつけた。ほとんど同時に、涼さんが何か叫んだ。

そして私は暗闇の中に落ちていった。

祥川涼

目覚めると綾が見下ろしていた。

頭が痛む。あと背中も。僕は椅子から滑り落ち、そのまま床の上で眠っていたらしい。アウトドア用の折りたたみ椅子が、顔の横に転がっている。

僕は綾を見つめた。綾の微笑みが、少し翳《かげ》ったように見えた。心配してくれているのだろう。僕は起き上がり、彼女と向かい合った。

厚いカーテンの隙間から薄い日差しが入り込み、アトリエの中はほのかにあかるい。あかるさが僕は苦手だ。アトリエの乱雑さも、僕自身のだらしのなさも劣化のひどさも、ごまかしようがなくなってしまうから。今は朝なのか昼なのか——僕はハッとしてスマートフォンを取り出し、現在時刻をたしかめた。午前七時三分。よかった。今日は午後から大切な予定がある。そのために昨日まで根《こん》を詰めてきたのだから。

僕はあらためて綾を見た。この三ヶ月あまりかけて描いてきた綾の肖像画を。短めのボブに白いシャツ、化粧っ気のない顔。唇だけがうっすらと赤い。これまで、何枚か油彩で綾を描いてきたが、これははじめて出会ったときの綾だ——写真があるわけではないから、僕の記憶の中の、ということだが。

昨日、僕は綾の唇の上に、カーマインをほんの少し足した。そのときの感触——まるで本物の綾の唇に触れているみたいな——、それが最後の一筆だったことは、覚えている。キャンバスの中の綾を見つめ、語りかけたかもしれない。その辺りから記憶が曖昧だ。イーゼルの下には500ミリリットルのビールの缶が無数に転がり、静物や画材がゴタゴタと積み上がった机の上には、ウィスキーとワインの空瓶が一本ずつある。描いている間はビール以外は飲まない努力をしていたが（今の僕にとって、ビールは水、という定義になっている）、描き終えて気が緩み、達成感とともに強い酒を流し込んだのだろう。

頭痛が激しくなってきた。僕は辺りを見回したが、もうどこにも酒は残っていなかった。アトリエを出てキッチンへ行き、そこら中に置いてある缶ビールをひとつ開けて呷《あお》った。

飲みながらダイニングの椅子に座り、ノートパソコンを開く。

すぐに画面にあらわれるのはコミックサイトの、「ありふれた人たちのここだけの話」のページだ。いつものようにページ冒頭の「警告」がぱっと目に飛び込んでくる。それはサイト管理者の狙いでもあるのだろう。「コメント欄への誹謗・中傷の書き込みは禁止です。目に余るものについては法的措置を取らせていただくこともあります」この種の警告はどのくらい本気なんだろうなと考えながら、僕はコメント欄を眺める。昨夜、酒で意識が飛んでいる間に、何か書き込んだかもしれないからだ。それらしいものが見当たらなかったので、ほっとする。コメントはどれも、漫画の魅力を語り、先行きを楽しみにするものばかりだった。

ブッダラタ帰郷。ブッダラタ、会いたかった！　そんなコメントがいくつかあることに気づき、僕はドキドキしながら漫画のほうへ視線を移した。さすらいの男、ブッダラタが帰ってきていた。僕の鼓動は速くなる。前回、彼が登場してから、一年以上が経っていた。もう彼は綾の漫画から葬り去られたのではないかと僕は半ばあきらめていたのだが、戻ってきた！　更新された最新話を、僕は何度も読んだ。そうして、再び心臓が跳ねた。今日は綾のサイン会の日だ。「警告」の下に、そのイベントについての告知がある。今日、綾は東京へ来る。もう来ているのかもしれない。そんな日に更新された「ありふれた人たちのここだけの話」の最新話で、綾はブッダラタの帰郷を描いたのだ。

これは僕へのメッセージではないのか。

そう思ってもいいのではないか。

1［現在］

僕はふた缶目のビールを開けた。

頭の中を占めているスポンジみたいなものにビールが行き渡り、頭痛が少しマシになってくる。同時に、雲の隙間から日が射すように、頭痛が遮断していた情報が流れ込んでくる。キッチンはアトリエよりもずっとあかるい（先月、よろめいてカーテンを摑み、カーテンレールごと外れてしまったせいだ）。生活用品と酒が埃みたいに部屋を埋めているせいで、アトリエにいるときよりずっと自分に耐えきれなくなる。

あかるさは本当にまずい――たとえば僕は、赤とピンクと黄緑色が編み込まれた、アクリルたわしを見つけてしまう。それはシンクの縁《ふち》のフックに掛けられている。シンクの中には汚れた食器やビールの空き缶が山積みになっているのだが、積み上がった具合でちょうどそのアクリルたわしの部分だけに空間ができているので、目に入ったのだ。

アクリルたわしを編んだのは路子《みちこ》だった。そういうものをチマチマ手作りするのが好きだった。路子の死後、この家で暮らすようになった藍子《あいこ》が、シンク下の引き出しの奥でそれを見つけた。捨ててしまっていいよ、と言った僕の口調に、藍子は何かを感じたのかもしれない。僕には何も言わぬまま、次に僕が見たときにはシンクの縁に掛けてあった。藍子というのはそういう女だった。使うというのでもなく、そのまま時が経ち、そうして、藍子もいなくなった。僕にかかわった者たちはみんな死んでしまう。女も、男も――。

気がつくと三缶目のビールも空いていた。頭痛は治まっていたが、反比例するように気分が滅入ってきた。いつもの繰り返しだ。僕は滑り落ちるように椅子から離れて、ウィスキーを取りにいった。だめだ、ビールでがまんしておけ、今日はこれから綾に会いに行くんだぞと自分に言いながら、ひと口だけ、もうひと口だけと、僕は瓶に口をつけてウィスキーを飲んだ。

サイン会の告知を見つけたときから、僕の生きる目的は今日、綾に会って僕が描いた肖像画を渡すことだけになっていたのだが、日が近づくにつれ不安と恐れがどうしようもなく膨らんできていた。綾に会う資格が僕にあるのか。今の僕を見て綾はどう思うだろう。綾に会って、僕に何が言えるというのか。僕が描いた絵を綾は受け取ってくれるのか。

吐き気のように込み上げてくる不安を押し戻すように、僕はウィスキーを呷った。飲んだらだめだ、会えなくなると思いながら――今日、綾に会って僕の絵を渡すことだけが、自分の再生への一縷《いちる》の可能性なのだと思いながら、僕は飲み続けた。

シャワーを浴びたら少し頭がはっきりして、どうにか髭を剃ることもできた。鏡に映った自分の姿は、それでもとても正視に耐えなかった。枯れきった植物に水をかけたところで、元に戻るはずもない。

しかし勇気が出たのは、結局のところ酒のおかげかもしれない。寝巻き同然になっているデニムとTシャツの上に、脱ぎ捨てて山になっている服の中から探し出したシャツを羽織った。それから、綾の肖像画をそっとキャンバスバッグに納めた。それを肩から提げて、僕は家を出た。

外はもったりとした曇天だった。今日は四月四日。綾のサイン会の日程としてのみ頭に刻み込まれていたその月日をあらためて認識し、春なんだな、と思う。僕の出で立ちでは少し肌寒い。どれだけ着込んでいても今の自分にはそう感じられるのかもしれないが。吉祥寺の雑踏の中に踏み込むと、また頭が痛み出す。酒が買える自販機を無意識のうちに探してしまう。だめだ、これ以上は飲まないほうがいい。そう思いながらコンビニへ向かう足が、ふと止まる。この路地を入ると「ギャラリーいなだ」があるということを思い出したのだ。

僕は酒を買わず、かわりに路地へと曲がった。ペンシルビルの、地下へ降りる階段の前に、脚立が柵のように立てかけてある。赤いマジックで殴り書きした「立ち入り禁止」の札が貼りつけてあるから、実際のところ柵のつもりなのだろう。階段脇の、慎ましい看板のうえにも、白い紙がガムテープで止め付けてあり、「ギャラリーいなだ」の文字が隠されていた。

いったい何が起きているのか。稲田氏に電話をしてみよう、と思いつくのと同時に、階段の下から稲田氏が上がってきた。僕を見て何か言っている。よく聞き取れない。え？と彼のほうへ体を傾けた——一瞬後、僕は、稲田氏がとうに死んでいることを思い出した。彼もやっぱり、路子や藍子同様に、僕にかかわったせいで死ぬことになったのだ。じゃあ、これは誰なんだ、僕に向かって上がってくる、そして今、僕に向かって大きな口を開けて何か喚《わめ》いているのは？　僕はゾッとし、その場から逃げ出した。

そのあと、どこでどうしていたのかははっきり思い出せない。とにかく酒はどこかで買って、どこかで飲んだらしい。気がつくと僕は、ウィスキーの空瓶を握りしめてブックカフェの前にいた。「音村綾先生来店！　サイン会開催！」という看板が出ている。カラフルな手書きで、下手くそな（綾ではなくてカフェの店員が描いたのだろう）ブッダラタのイラストが添えられている。ドアに嵌《は》め込まれたガラス窓から覗くと、店内は人で溢れていた。

僕は瓶を地面に置いて、カフェのドアを開けた。人波に押されるようにしてレジに行き、そこに積んであったコミックを一冊買った。金を払うと、「整理券をお取りください」と小さな紙切れを渡され、「番号順にお並びください」と声がかかって、何が何だかわからないうちに僕は列の中のひとりになった。

列の先には机がある。机の向こうには椅子があり、そこに綾が座ってこのコミックにサインをするのだろう。このままサイン会がはじまって列が進めば、僕は綾とまっすぐに対面する。そのことに僕は今更興奮し、同時に挫《くじ》けそうになる。そんなことができるのか。そんなことをしていいのか。いや、絶対にそうしなければだめだ。綾の反応がどうであれ、この絵を渡すのだ、そうすれば、僕はきっと変われる。

「お母さんは？」

すぐ後ろで子供の声がした。

「もうすぐ出てくるよ」

男の声が答えた。

「お母さん、僕らに気がつくかな？」

「気がつくよ。きっとびっくりするよ。並んでるとは思ってないだろうからね」

「僕らもサインもらうの？」

「せっかく並んだんだから、してもらえば？　お母さんからサインもらったことないだろ？」

「そうだね」

アハハと、子供は笑った。僕の背中は火傷《やけど》を負ったように熱くなり、ヒリヒリと痛みだした。すぐ後ろにいるふたりが、綾の夫と息子であることは間違いなかった。そうだ、そのことをなぜずっと考えずにいたのか。綾には夫と息子がいるのだ。最後に会った日、彼女の腹は膨らんでいた。あの中にいた胎児を綾は産み、赤ん坊は綾とその夫の元ですくすくと育って、今、父親とともにここにいるのだ。すくすくと、きっと幸せに育ったのだろう――背後のふたりはまったく幸せそうだ。

もちろん僕は、綾に夫と息子がいることを知っていた。そして綾が彼らと幸せに暮らしていることを願っていたはずだ。綾に肖像画を渡して、それで彼女とどうこうなれるなどとは考えていなかった。いや――本当にそうだったのか？　僕が絵筆に託していたのは綾との未来ではなかったのか？　僕は、綾に会えさえすればどうにかなる、と思っていたのではないか？　だとすれば、酒で頭のネジが飛んでいたとしか言えない。綾の夫と息子は、こんなに幸せそうなのに。こんなに愛情に溢れて、綾のことを話しているのに。

「あっ、お母さんだ」

子供が言い、周囲がざわめいた。突然、周囲の景色が渦《うず》を巻きはじめた。消毒薬と病人の排泄物が混じった臭いがたちこめた。僕がいるのはブックカフェではなくて病院だった。路子が、咆哮《ほうこう》と言っていい声で僕を呼び続けた病院。僕が並んでいる列の先にあるのはデスクではなくベッドだ。とすればあそこに立っているのは路子だろう。

僕は目をぎゅっと閉じて、恐る恐る開ける。違う、路子じゃない、綾だ。ずっと、ずっと、長い間、死ぬほど会いたかった女。今、僕が持っているキャンバスに描いたままのボブヘア。レモン型の目、ふっくらした小さな唇。赤ん坊みたいな頬。あの頃から、何も変わっていない。綾は、ぺこりと頭を下げる。喋り出す。僕は綾の声を聞くために、耳をすます。

だが、何を言っているのかよくわからない。綾が着ているすみれ色のシャツ、あれは病院の寝間着じゃないのか？　そうだ路子だ、路子が何か言っている。僕を糾弾している。私が死んだのはあなたのせいよ、あなたが私を殺したのよと。両目と口が顔に穿《うが》たれた洞窟のようにぽかりと黒い。

列が進む。まだかなあ。おそいねえ。後ろで子供が声を上げ、もうすぐだよ、と父親が答えている。やっぱりあれは綾だ、ほら、机の向こうに腰を掛け、開いたコミックスのページの上でサインペンを走らせている。

見慣れた姿だ、と僕は思う。あれは綾じゃない、藍子だからだ。仕事中の藍子。執筆にはパソコンを使っていたが、プロットをたてるときや資料をメモするときはノートを使っていた。藍子が顔を上げて僕を見る。路子と同じように、目と口が黒い穴になった顔で、あなたのせいよ、と言う。にっこり笑う。私は、あなたを助けてあげたのに。あなたのためになんでもしたのに。それなのにあなたは私を殺した……。

列が進む。僕はもうおそろしくて、前方を見ることができない。あとひとりで僕の番になる。もうすぐだね、お父さん。子供の声。僕は肩にかけたバッグの中の、綾を描いたキャンバスの端をぎゅっと摑む。これを渡すんだ、渡さなければならない、あれは綾だ。僕の前の女性がぺこぺこしながらその場を離れ、僕は綾の前に立った。

僕は綾の頭頂部を見下ろした。これが綾なら、どうして顔を上げないんだ？　僕はコミックを机の上に置いた。綾は目を落としたままだ。また渦が起きた。綾のボブヘアに見えていたものが、ありえない角度で僕を見上げる路子の顔になり、藍子の顔になった。ドウシテ私タチヲ殺シタノ……。

違う、幻覚だ。これは綾だ。涼さん。僕の名を呼ぶ綾の声が聞きたい。名を呼んでもらいさえすれば、僕にはわかる。これは綾だと。

僕は整理券を差し出した。そこには僕の名前が書いてある。これを見れば、綾は顔を上げるだろう。

「お願いします」

と僕は言った。ナゼ殺シタノ、と綾が言った。違う、綾じゃない。路子だ。藍子だ。今、ふたりの顔は合体して化け物になり、僕に向かって黒い大きな口を開いた。

僕はバッグを振り上げた。綾のために描いたキャンバスが入ったそのバッグを、化け物に向かって振り下ろした。

2

「一年前」

音村綾

「へたくそ」p.m.1:23
「つまんね」p.m.2:51
「つまんね」a.m.1:02
「カンチガイ」a.m.1:23
「カンチガイ女早く気づけ」a.m.2:13

漫画サイトの、私の「ありふれた人たちのここだけの話」のコメント欄が荒らされるようになったのは、半年ほど前からのことだ。嬉しいコメントを書き込んでくれるファンの人も多いけれど、「へたくそ」「つまんね」「退屈」といった書き込みは日に日に増えて、それらに怒りを表明する人も出てきて、異様な有様になっている。

「カンチガイ女早く気づけ」のコメントの下には、URLが貼ってあった。やめたほうがいいと思いながら、ついクリックしてみると、ぞっとするような写真——正視できなかったが、たぶん動物の死体——がいっぱいにあらわれた。急いで消し、パソコン自体もオフにして、閉じたノートパソコンの前で私はしばらく固まっていた。見知らぬ誰かに服の中に手を突っ込まれ、生身を撫で回されたような不快感があった。

スマートフォンの音に飛び上がりそうになり、恐る恐るたしかめると、野々村さんだった。ほっとして応答すると、「見た?」というのが彼女の第一声だった。見た、と私は答えた。

「やっぱ見ちゃったんだ。見ないほうがいいって言ったのに」

「うん、見なきゃよかった」

「ちょっと、ひどくなってきたね。編集部でもそう言ってる。対応考えるよ」

まず警告して、効果がなかったら情報開示請求して……と野々村さんは私たちにできることを説明してくれた。それからちょっと間を空けて、

「心当たりとか、ないんだよね？」

と聞いた。

「ない」

私は即答した。

「ペンションのお客でトラブった人とか、昔、綾さんが手酷《てひど》くふった人とか……」

冗談めかして野々村さんは言う。

「ないよ。手酷くふられたことはあるかもだけど」

私はちょっと笑って、そう答えた。それから「あ」と声が出た。

「そういえば、以前うちでバイトしてくれてた男の子のブログに、いやがらせの書き込みがあったって……」

「え。その話、詳しく教えて」

「もう何年も前の話だけど」

私は、康平くんの話を思い出せるかぎり野々村さんに伝えた。あらためて思い出してみると、今回と似ているところがある気がした。「ぞっとする画像」のリンクが貼りつけられていたと彼は言っていなかったか。野々村さんも、私と同じように感じたらしかった。

私が康平くんにたしかめてから、彼の連絡先を野々村さんに伝えることにした。

「じゃあ徹底的にやっちゃうよ。私、アッタマきてるんだから」

進展があったらまた連絡するね、と野々村さんは言って、私たちは通話を終えた。

窓の外は雪だ。

昨日、一日中降って、四十センチくらい積もっている。この辺りとしては、たぶん今季最高の積雪だろう。駐車場に停めてある車も生クリームを載せたみたいに雪で覆われていて、赤やオレンジのカラフルなダウン姿の人たちが、きゃあきゃあ騒ぎながらそれを落としている。さっきチェックアウトを済ませたお客さんたちだ。私は自分の寝室にいる。部屋の掃除に行かなくちゃ、と思いながら、再びノートパソコンを開いた。

〝荒らし〟が綾さんの知り合いである可能性はないんだよね?

さっきの野々村さんの言葉について考えている。そして私は、ブックマークしてある、いくつかのサイトを巡回する。美術系のポータルサイトふたつ、それから「ギャラリーいなだ」のサイトも。涼さんは自分自身のウェブサイトを持っていないし、少なくとも本名ではSNSもやっていないが、数年前からポータルサイトにプロフィールや作品が出てくるようになった。個展を開く場合はその告知もこうしたサイトに出てくる。が、去年から、涼さんのページは更新されないままだった。新作もない、個展の予定もない。古巣の「ギャラリーいなだ」でも、涼さんの個展は企画されていない。

海外に行っているのかもしれない。それならいいけれど、もしかして体の具合を悪くしていたら。私はずっと、その心配をしていた。そしていつからか、べつの不安が頭をもたげていた。涼さんが絵を描くことをやめて、私のストーカーになったという可能性。まさか。私は思わず声に出してしまう。私を「手酷くふった」のは涼さんだ。私が彼を「手酷くふった」と、もしかして彼が考えているとしても、涼さんは、あんな書き込みをしたり、あんなリンクを貼ったりするような人であるわけがない。

「綾」

不意に背後で夫の声がして、私は発作的にノートパソコンを閉じてしまった。

「やだ、びっくりした」

何かを隠したと夫に思われないように、ノートパソコンを開いた。画面に出ているのは「ギャラリーいなだ」のホームページだから、おかしなところはないだろう。

「これでいいかな？」

「え？」

一瞬、彼が何を言っているのかわからなかった。

「今日の取材。俺、このセーターでいいかな。ジャケットとか、着たほうがいいかな」

「ジャケットはいらないと思うわ」

今日の昼過ぎに、取材が一件入っているのだった。私の取材だ。漫画のことだけではなく、ペンションを経営しているということや、田舎での暮らしぶりなども記事にしたいというので、夫も一緒に話すことになっている。先方がそれを希望していることをおそるおそる俊一《しゅんいち》に言うと、快諾した。最近、夫は少しずつ変わってきた。

取材チームが到着すると、夫はドリップで人数分のコーヒーを淹《い》れてくれた――できあがるのを待つ間、私や彼らが手持ち無沙汰になるほど、丁寧に、時間をかけて。おーい綾、とやさしい声で呼ばれて、私は夫と一緒に食堂のテーブルにコーヒーを運んだ。仲良しですねえ、とライターの女性がにやにやした。

インタビューがはじまった。六人掛けのテーブルの長い辺に、私と夫。向かい側に雑誌の女性編集者とライター。カメラマンも女性で、彼女は椅子に座らず、いろんな方向から私と夫を撮った。

「ありふれた人たちのここだけの話」は、現在「シーズン3」に入っていて、単行本も版を重ねている。取材を受けるのははじめてではなかった。ペンションの名前も公にしているので、最近は私の漫画を読んだことでペンションにやってくる客もポツポツ出てきた。〝荒らし〟が出現した今、それは不安要素でもあるのだけれど――。

「音村先生は、ペンションのお仕事もまだ続けていらっしゃるんですか」

「先生」はやめてください、と私はライターに二度目のお願いをしてから、はい、と答えた。

「漫画は夜中に描くので。それで朝起きられなくなることもあるんだけど……」

「半分寝ながら起きてくるよね」

夫が笑いながら口を挟んだ。

「なんだかんだいって、ペンションの仕事が好きなんだよね。お客さんとのコミュニケートは、僕なんかよりずっと上手ですね。半分寝てても、彼女が出てくるだけで部屋の空気が暖かくなるってことがありますね」

「ほめすぎでしょう。どうしたの」

私は苦笑した。実際、びっくりしていた。リップサービスにしても、夫の口から出てくる言葉とは思えない。

「こういうときじゃないと言えないからね」

夫は真面目な顔で言い、編集者とライターが「わあー」と声を上げた。

「すてき、うらやましい」

「うちの夫に聞かせたいですよ」

それがきっかけになって、インタビューは私たちの結婚生活のことになった。出会いや、夫がこちらで暮らすことにした経緯、夫婦としての日々のルーティン、夫婦円満の秘訣など。そんなことまで聞かれるとは思っていなかったので私は戸惑ったが、夫は終始にこやかに感じよく、過不足なく話した。

「こっちに移住してきた当初は、戸惑いもありました。戸惑いっていうか混乱ですかね。

人間関係のありようとかが、都会とは全然違いますから……。それで一時は引きこもりみたいになって、妻や義母《はは》に心配をかけてしまったこともあります。あのときは本当に、まずい状態で……抜け出せたのは妻のおかげです。彼女が漫画を描くようになったのは、もしかしたら僕がふがいなかったせいかもしれないんですが、僕にしてみたら、綾がペンションの仕事の傍《かたわ》ら、若い頃からの夢を実現させていくのを見ていて、頬を叩かれたっていうか、勇気づけられたっていうか」

私（それに母）にとっては暗黒の時期だった頃のことも、夫はそんなふうに話した。驚きが収まると、今日の取材を受けてよかったという気持ちが大きくなっていった。夫が自分の胸の内をここまであかしたのははじめてだった。たしかに、以前は私が漫画を描くことを悪くしか言わなかった夫は、次第に私の漫画を認めてくれるようになったし、最近はときどきはげましてくれたりもする。一〇〇パーセントではないかもしれないけれど、夫は実際、「こういうときじゃないと言えない」ことを私に打ち明けてくれたのかもしれない。

質問が私の漫画についての話に移り、夫は席を立った。発想のきっかけ、連載の苦労、ネットの反響をどう思うか……〝荒らし〟のことを、編集者とライターが気づいていないはずはなかったが、話題にはしないと決めているようだった。

「そういえば、ブッダラタが最近出てきませんね」

ライターがふと、思いついたようにそう言った。そうだね、私ファンだから寂しいんだけど、と編集者が続けた。

「今度の旅は長くって」

私は言った。

「旅先で何かあったとか？」

「そうですね、そんな感じですね」

「帰ってきたら、それがわかるわけですね」

「どうかな。じつはまだ、考えてなくて」

つい正直に言ってしまった。ちらりと厨房《ちゅうぼう》のほうを見る。自分の部屋に戻ったと思っていた夫がカウンターの向こうにいて、目が合った。夫はニコッと笑い「紅茶淹れるよ」と言った。

「このままブッダラタがいなくなるなんてことは、ないですよね」

ライターが言い、

「それはないでしょ？　ブッダラタは人気キャラクターなんだから」

私のかわりに編集者が答えた。

「ありがとうございます」

私は微笑んだ。ブッダラタに関しては聞かれたことに何も答えていないに等しい。コメント欄に〝荒らし〟がはじめて登場したのは、旅に出ていたブッダラタが帰ってきた回をアップしたときだった。そのあとも、ブッダラタが登場する回に〝荒らし〟のコメントはより荒れる気がしていた。それで気味が悪くなって、ブッダラタを描かなくなった。その法則（？）に野々村さんは気づいていないようだし、実際のところ考えすぎかもしれないし、最近はブッダラタが出てこなくても、今朝のような有様になっているわけだけれど——。

「やっぱり、僕もここで妻の話を聞いていてもいいですか」

俊一がそう言いながら、紅茶とクッキーをトレイに載せて運んできた。

今日は予約が二組入っていたので、取材が終わった後はちょっとバタバタになった。部屋の掃除に取りかかっていた母とバトンタッチして、母は夕食の仕込みに入った。夫には取材チームに紅茶とクッキーをふるまうよりペンションの仕事をしていてほしかったな、とちらりと思ったけれど、もちろん口には出さなかった。夫は喋りたかった——取材チームに向かってというより、私に向かって——のだろうし、私の話を聞きたかったのだろう。そう思えたし、そのことが私は嬉しかった。

「今日、ありがとう」

それで、私はベッドメイクをしながら、こちらは言葉に出した。掃除機に細いノズルを付け替えて、ベンチの下の埃を取ることに集中していた夫——彼はいったん掃除をはじめると、わりと偏執的になる――は、「え?」と聞き返して掃除機を止めた。

「あんなふうに話してくれて、嬉しかった。あなたがずっと部屋に閉じこもってたとき、私も、もっとちゃんとあなたの話を聞けばよかったね。ごめんね」

「綾があやまることなんてないよ。俺が悪いんだ。俺のほうこそ、自分の気持ちをちゃんと綾に伝えるべきだった。いいカッコしてたんだな、綾に弱いところを見せたくなくて、意地になってたんだ」

夫は恥ずかしそうに早口でそう言って、再び掃除機のスイッチを入れた。それで私もベッドメイクに戻った。ベッドカバーのしわを手で伸ばして、部屋を出て行こうとすると
「綾」と夫が呼んだ。

「今更だけど、もっと頼ってほしいし、何でも話してほしいんだ」

「うん。そうする」

夫の微笑みのやさしさに少し怯《ひる》みながら、私も微笑み返した。

「漫画のブログにひどいこと書いているやつがいるだろう」

「うん……知ってたんだ?」

「ときどき見るからね。あれ、俺が対処してやるよ」

「対処って?」

「警告出すとかさ。とにかく、どこの誰がやってるのか、俺が調べてやる。もうあんな書

き込みができなくなるようにしてやるよ」

そんなことできるの？　と聞くと、夫は力強く頷いた。階下でドアが開く音がして、「ただいまー」という渉の声が聞こえた。息子が学校から帰ってきたのだ。それで私は、野々村さんも「対応する」と言っていたことを夫に伝えそびれてしまった。

「ありがとう」

あらためて夫に微笑みかけて、息子を迎えるために部屋を出た。

祥川涼

イーゼルの中の綾が、僕に向かって破顔《はがん》する。

出会ったばかりの頃、たまにどこかで待ち合わせしたとき、先に来ている僕を見つけたときの顔だ。自分がこんなふうに無防備に、僕に会えた喜びを顔いっぱいにあらわしていたことを、あの頃の綾は気づいていたのだろうか。それともこれは、僕だけの都合のいい記憶——いっそ妄想だろうか。

絵の具を含ませた筆で、綾の肌を作っていく。自分の指で彼女の頬を撫でているような気持ちになる。一度だけ、彼女にキスしたときのことがよみがえる。なめらかでやわらかいのに、触れた指にたしかな弾力を返してきた肌。藍子と別れ、この家で誰憚《はばか》ることなく綾の絵を描くことができるようになって、僕はリトグラフではなく油彩という技法を採用した。正直に言えば、筆がキャンバスに触れるとき微かだが性的な高揚がある——いや、微かじゃない、その高揚に僕はほとんど支配されている。それで毎日、中毒者のように描いているのだ。

ガチャン、という音が響き、僕はぎょっとして筆を止めた。朝刊がポストに投入された音だった。もうそんな時間か。昨夜もまた眠らなかった。ひと晩中石油ファンヒーターを稼働させていたせいか、頭が重い。僕はヒーターを止め、厚ぼったいカーテンと、その向こうの窓を開けた。それから新聞を取りに行った。新聞は、そのまま廊下の、積み重ねた束の上に重ねる。もうずっと新聞を読んでいない。それなら購読を止めてしまえばいいのだが、販売店に電話をする気力がなくてそのままになっている。そういう精神状態だから、当然仕事もほとんどしていない。刊行予定だったリトグラフ集に、僕が書くことになっていた文章をどうしても書くことができず、刊行は延期になり、それにつれほかの仕事も減っていった。まだ間に合う、行動を起こさなければと焦りながら、僕はこのアトリエの中にじっとしている。僕は気がついている——この状態は、アルコール依存だったときよりも悪い。

結局、僕の依存症はまだ治っていないのだ。藍子が僕から去ったときにそれがわかった。

あるいは藍子が、急拵《きゅうごしら》えの蓋のようなものだったのかもしれない。といっても僕は今現在、アルコールは一切口にしていない。依存しているのは綾。彼女の存在。

僕はパソコンの前に座った。最近の僕は、絵を描いていないときにはパソコンの前にいるから、キーボードが絵の具で汚れている。スリープが解除されるとすぐにあらわれるのは、コミックサイトに掲載されている綾の漫画「ありふれた人たちのここだけの話」のページだ。

以前は、週に一度の更新を待ちわびて、その日だけアクセスしていた。でも今は、毎日、何回も見る。綾の漫画は、見るたびに違った感触がある。メッセージを探しているということもある。綾から僕へのメッセージ。朝はそれが見つからなくても、夜にそれが見つかることがある。僕にだけわかるメッセージ。

最近、心配なことがある。僕の化身であるキャラクター、ブッダラタが登場しないのだ。もう数ヶ月、彼は「ありふれた人たち」の前にあらわれない。これはどういうことだろう。これこそが明確なメッセージだろうか。綾にはもう僕は必要ない、ということだろうか。そうも考えてみたが、すぐに否定した。ブッダラタはこの漫画になくてはならないキャラクターだ。僕だけでなく、多くのファンがそう思っているだろう。理由もなく消えてしまうなんてありえない。とすればいつかその理由があかされるのか？　あるいはブッダラタの不在は、何かの序章なのか？　僕には、綾が僕の回答を待っているように思える。ブッダラタを呼び戻すには僕の力が必要だと。

それで、僕はコメントを書き込む。もちろん名乗ったりはしないが、綾にはこの僕、祥川涼のコメントだとわかるだろう。僕がいつでも見ていること、僕がいつでも彼女のそばにいることがわかるだろう。それを見て、綾はどんなふうに感じているだろう。何を思うだろう。じつのところ、コメントを書き込むときにも、キーボードを叩く指の先の振動に、僕はいくらかのエロティックな気分を味わっている。


午前中はそんなふうにしてあっという間に過ぎていき、いつもなら午後も同様になるが、今日は約束があった。どうにも気が進まず、キャンセルの連絡を入れたのだが、いいかげんにしろよと、相手から拒否された。彼が僕のためを思ってそう言うのだということはわかるから、不承不承身支度をした。何日も着たきりだったシャツとスウェットパンツを脱ぎ、シャワーを浴び髭を剃ったが、洗い流しているというより新たに一枚何かを着込んでいる感覚があった。さらに皮を重ねるようにあたらしいシャツとデニム、セーターを身につけ、ダウンを羽織って自転車に跨った。

久しぶりの町は、僕には何の感慨も起こさせなかった。書き割りの中を走っているみたいな感じだった。僕の感覚の大半は磨耗してしまっているのだろう。古ぼけたペンシルビルの「ギャラリーいなだ」へと降りていくときだけ、心が動いた。懐かしい階段。かつてその先に、綾がいた階段。

「やあ、来たか」

稲田氏とは半年以上会っていなかったが、げっそり痩せていたのでぎょっとした。

「がんなんだよ。たぶん来年の今頃はもういないよ」

引越しの予定でも話すような穏やかな顔でそう言うので、僕は返す言葉がなかった。医者はどう言っているのか、ちゃんと治療は受けているのかなどと質問しようとする僕を、彼は遮った。

「みんなに同じこと聞かれるんだけどさ、もう打つ手はないんだよ。以上、この話は終わり」

促され、古ぼけた二人掛けのソファの端に僕は座った。稲田氏は奥から、白ワインとグラスふたつ、膨らんだレジ袋をふたつ提げて戻ってきた。レジ袋の中身はパック入りの惣菜で、それをキューブ型の小さなコーヒーテーブルの上に並べた。

「悪いな、うまいものご馳走しようと思ったんだけど、店に行く気力がなくてさ」

「いいよ、いいよ」

僕は慌てて彼を手伝った。生春巻きや焼きそばや揚げた肉はどれもスパイシーな匂いを立てていて、近くのタイ料理屋でテイクアウトしたものらしい。店に行く気力がないと言いながら、僕のためにできるかぎり旨いものを用意してくれたに違いなかった。あっ、そうだ。いったん僕の隣に座った稲田氏は再び立ち上がり、冷蔵庫から取り出したものを皿に入れて持ってきた。僕の胸が波立った。それはブッラータだった。

「取り寄せてるんだよ。食欲がなくても、なぜかこれだけは食べられるんだよな。点滴がわり」

　稲田氏は笑った。僕らは白ワインを注いだグラスを軽く打ち合わせた。食欲など湧くはずもなかったが、僕はブッラータにフォークを伸ばした。おっ、やっぱりそれから行くか、と稲田氏が嬉しそうに言った。

「そういえば、あの娘《こ》、どうしてるかな」

「え？」

「君の個展をはじめてここでやった頃、バイトの娘がいたじゃないか。覚えてない？」

「ああ、いましたね。感じのいい娘でしたよね」

　僕は頷く。僕同様に稲田氏が綾を思い出していることに驚きながら。

「あの娘がブッラータを覚えられなくてさ。何度教えても、ブッダ、ブッダって言ってたな」

　ははは、と僕は笑った。

「親父さんが亡くなって、田舎に帰ったんだよなあ。あれ何年くらい前だっけ、十五年……はいってないか。十年以上は経ってるよな」

「そうですね、僕はまだ三十代だったから」

「そうかあ……。で、今は五十か。俺からしたらまだ青年だよ。涼くん、もう一度ここで個展やろうよ。俺に最後の仕事をさせてくれよ」

今日はその話になると思っていた――稲田氏ががんだというのはもちろん予想もしていなかったが。僕はのらくらと返事をした。稲田氏の気持ちはわかるし、「俺に最後の仕事を」と言いながら彼が自分よりも僕のことを心配しているのもわかる。僕の最近のていたらくは、彼にも伝わっているはずだから。だが、無理だ。個展のための作品を制作する気力は今の僕にはない。時間もない。現在の僕の生活は、ネット上の綾を追いかけ、綾の絵を描き、綾を思うことでいっぱいいっぱいいっぱいなのだから。

稲田氏のスマートフォンが鳴り出した。いちいち席をはずすのは億劫《おっくう》なのか、そのまま話し出した稲田氏が、途中で「え？」と言いながら僕をちらりと見た。

「……いや、知り合いっていうか、俺は一度会っただけだけど。うん……うん……なんだったの、死因は？　えっ。そうなのか……」

「誰か亡くなったんですか」

電話を終え、何も言わずワインに口をつけた稲田氏に僕は聞いた。

「藍子《あいこ》さんだよ」

「え？」

「桜田《さくらだ》藍子。ネットニュースに流れてるらしい。涼くんにも知らせが来てるんじゃないのか」

僕は自分のスマートフォンを操作した。メールもＬＩＮＥも、どこからも届いていない。桜田藍子で検索をかけると、トップに訃報があらわれた。小説家の桜田藍子さん（52歳）が二月八日、胃がんのため死去。葬儀は近親者で営んだ。桜田さんは……

「どうなってるんですか。嘘ですよ、こんなの」

僕は稲田氏に——というよりこの世界に向かって、訂正を求めた。

「俺も自分の病名がわかったときに、そう思ったんだよな」

稲田氏は悲しそうに答えた。


約束の時間を、もう過ぎてしまった。オフィスビルの入口に出ている名刺大の看板を僕はようやく見つけて、そっけないリノリウムの階段を降りていった。

木製の堂々としたドアが不意にあらわれ、それを開けると、思いがけない空間が広がっていた。壁を覆う本棚と蔵書、十分なスペースをとって配置された、趣味のいいテーブルと椅子。客はポツポツといたが、ひとり客ばかりなので店内はひっそりとしていた。僕と出会う前、藍子が仕事場を借りていた町に、このカフェがあることは彼女から聞いていた。ちょっといい雰囲気なのよ、今度行きましょうと話していたが、そのままになっていた。

約束の相手は奥まった一角に座っていた。僕はコートを脱いだ。

「どうも。祥川です」

遅れた詫びを口にしながら近づいて一礼すると、相手も立ち上がり、頭を下げた。腰を下ろして向かい合うと、僕同様に向こうもこちらをこっそり観察している気配があった。

目の前にいるのは桜田茜《あかね》。藍子の妹だ。藍子に茜という名前の妹がいることは知っていたが、会うのははじめてだった。歳は僕と同じくらいだろう。頭に張りつくようなベリーショートで、髪の色は金に近い。小さな劇団で活動していて、藍子が金銭的な援助をしていたことも知っている。全体的な印象は藍子と真逆だが、目元の柔らかさや顎の細さが藍子とよく似ていた。

今回、連絡を取ったのは僕のほうからだった。知り合いの編集者に連絡して、桜田茜の連絡先を教えてもらった。その編集者は、僕が藍子と同棲していたことも、その後別れたことも知っていたが、僕が彼女の病気について何も知らなかったことに驚いていた。

「びっくりしました。何も知らなくて……。お力になれずに申し訳ありませんでした」

しばらくの沈黙の後に、僕は言った。訃報が出た日から二週間あまりが経っていた。僕が茜に連絡する勇気を奮い起こすのに時間がかかったことと、茜からの返事に時間がかかったということがあった。茜はなおも黙っていた。

「憎み合って別れたわけではなかったので……もっと、連絡を取り合っていればよかったです。僕のほうも、いろいろ不調があって、世間とほとんどかかわらずに過ごしていたので」

茜は、テーブルに伏せていた目を上げて僕を見た。視線の鋭さに僕はたじろいだ。

「あなたには知らせるなって、姉から言われていました」

「え？」

「病気がわかってすぐ、姉は自分の死に向けて準備をはじめました。家の始末、仕事の整理、貴金属や着物を譲る算段もして……。そのときに私に言ったんです、あなたにだけは絶対に知らせるなと。死んでしまえばあなたの耳にも入るだろうけど、通夜にも葬式にも絶対に呼ばないでほしいと」

「なんで……」

衝撃を受けて僕は言葉が続かなかった。「絶対に」と強い語調で茜が二度も言ったのは、同じように藍子が彼女に念を押したからだろうか。

「姉はあなたを愛していたんです」

「それが……僕に知らせなかった理由？」

「愛していたけど、愛されていなかったから。お為ごかしの涙は流してほしくないと言ってました。もう二度と会わないと決めて別れたから、死んでからも会いたくないと」

「お為ごかしなんて……そんなわけないじゃないか。別れを言い出したのは彼女のほうだ。

僕は別れたくなかった」

「姉が病気になったのはあなたのせいですよ」

僕の言葉を押し返すように茜は強い語調で言った。何を言い出すんだ。意味がわからない。

「あなたに愛されたことはなかったって、姉は言いました。あなたとのことは、ずうっと黙っていたけど、亡くなる数日前に話したんです。もうモルヒネを打っている頃で、眠っている時間のほうが長かったけど、意識がはっきりしているときに、突然言い出しました。死ぬ前に、誰かに打ち明けたかったんでしょう。つらかったのよと姉は言いました。笑ってたけど、すごく悲しそうで……。姉と暮らしているとき――暮らす前から、あなたには恋人がいたんですよね」

「いない、いないよ。そういう相手じゃないんだ」

「そういう相手じゃない？　その人から、あなたは相手にされなかったけど、あなたは彼女に夢中だったってことなんじゃないですか？　家具についた傷を埋めるパテみたいに、自分は使われたんだって姉は言っていましたよ。そんな気持ちで一年二年過ごしてたら、病気にもなりますよ。あなたがもっと姉に関心を持っていれば、病気の兆候に気づいたかもしれない。手遅れにならずにすんだかもしれないのに。あなたに伝える気はありませんでした。でも、あなたはどうやら、姉の病気を知らされることを自分の権利みたいに考えているみたいだから。そんな権利は、あなたにはないんです」

茜の声はふるえはじめていた。泣くのを——それに怒りも——こらえているのだろう。抗弁の言葉を探しているうちに、彼女は立ち上がった。五百円玉を音を立てずにテーブルの上に置き、店を出ていった。

店にいる人のすべてが、僕を窺っているのがわかった。話の内容はたしかに聞こえなくても、気配は伝わっているのだろう。僕は茜にふられた男だと思われているのかもしれない。それにしても、その理由はあいつが何かとんでもなくひどいことをしたせいだろう、と、店の人も、ほかの客も考えているだろう。

僕も出ていきたかったが、見えない何かに押さえつけられているように、動けなかった。視界の先に太い柱があり、十五号の油彩画の額が掛かっている。作家の仕事ではなく、日曜画家が描いたような海の風景。海か、と僕は意味もなく思う。

みんな死んだ。

僕はそう考える。妻だった路子も、恋人だった藍子も。稲田氏も死のうとしている。茜が言っていた。僕のせいだと。たぶんその通りなのだ。僕にかかわった者は、みんな死ぬ。

僕が綾を愛しすぎているせいで。

壁の絵から視線を外すと、テーブルの上のメニューカードが目に入った。この店で供する飲食物は少ない。コーヒー。アイスコーヒー。チーズケーキ。ビール（ハイネケン）。それだけだ。

「すみません」

と僕は手を挙げて店の人の注意を引いた。

「ビールをお願いします」

3

「四年前」

音村綾

ケチャップでアンパンマンの顔を描いたオムレツを見て、渉はキャーッという歓声を上げた。

私と夫のオムレツにはケチャップがのっていないことに気がついて、自分に描かせてとねだった。私はケチャップを持ってきてやり、夫は自分の皿を息子のほうへ滑らせた。

渉の機嫌がいいことにほっとする。このまま、私が出かけるときまでいい子でいてくれるといいんだけれど。夫のオムレツは真っ赤になってしまい、私は「こっちを食べたら？」と自分の皿を動かそうとした。夫は黙って、真っ赤なオムレツの皿を自分のほうへ戻した。

「上手だな、渉は」

夫は息子に向かって微笑みかける。渉は得意になって、私のオムレツにも描きはじめた。

夫が私を無視していることには気がついていないようだ。

よく晴れた十一月の木曜日だった。薪《まき》ストーブを焚《た》いているが、日ざしのおかげで、日中は薪を足さなくても暖かいだろう。私は今日、東京へ行く。十日ほど前にその予定を決めたのだが、夫はずっと反対していた。今回ばかりは私が言うことを聞かないので、数日前から彼は私と口をきこうとしない。

「向こうに来させればいいだろ」

神保町にある出版社へ行くつもりだと伝えると、俊一はそう言った。

「これまでずっと来てもらってたじゃない。それに今回は、編集長も会いたがってるって……」

「えらいんだな、作家様は。それだけえらいんだから、編集長も一緒に来させればいいじゃないか」

「そんなこと言えるわけないじゃない。装丁してくれるデザイナーとも会えるのよ。はじめての本だから、ちゃんと打ち合わせしたいのよ」

「ようするに東京に行きたいんだろ。東京で羽伸ばしたいんだろ。そういうことだろ」

その時点で私は、夫に理解を求めることをあきらめた。そうよ、と答えた。すると彼は私をすごい目で睨みつけ、ドアを叩きつけるように閉めて、そのとき私たちがいた寝室を出ていった。

朝食が終わる頃、みどりさんがやってきた。母より少し年下の、下の町の人で、ペンションスタッフとして繁忙期にバイトに来てもらっている。今は十一月のはじめで、今日も明日も予約は入っていないのだが、私が今日一日家を空ける間、念のためお願いした。

夫はみどりさんに会おうとせず、そそくさと二階へ上がっていった。バイトスタッフを入れることにはずっと反対していたけれど、一年ほど前から女性限定ならかまわないと、許可というか黙認するようになった。

その理由のひとつは、夫の株取引が不調になってきたからだ。以前のようにお金を渡してくれることはなくなり、それどころかペンションの売り上げから補塡《ほてん》するということも起きた。彼がまだ株をやっているかどうかは私にはわからない――彼はあいかわらず一日の大半を自分の部屋に閉じこもって、パソコンにかじりついているけれど。ペンションの仕事を手伝ってくれることはほとんどないが、口を出すことは減ってきた。

そしてもうひとつの理由は、私が強くなったせいだろう。渉を生んで母親になって、私は、これまでの自分がまったく意味不明に弱かったことに気がついた。息子を幸せにするために、私は強くなる必要があった。

漫画を描きはじめたことも大きいと思う。少しずつ強くなったから、漫画が描けるようになったのか、漫画を描くことが私の強さに貢献しているのかはわからないけれど。たぶん、両方なのだろう。最初に描いたのは涼さんの顔だった。まだ覚えているかどうかをたしかめたくて、ノートの端に描いてみた。ちゃんと思い出せることに自分でちょっとびっくりして、いろんな表情を次々に描いていった。ノートの一面が涼さんの顔で埋まったところで、私はそのページを破って捨てた——夫には絶対に見られたくなかったから。でも、それがきっかけになった。

私はときどき悪戯《いたずら》書きみたいに描くようになった。渉の顔、母の顔、みどりさんの顔、ペンション村の人たちの顔、東京の会社の同僚たちの顔。夫の顔だけは描く気になれなかったけれど。それから、それらの顔をデフォルメしたり、髪型を変えたり性別を変えたり若くしてみたりあるいは年齢を加えてみたりした。そうするうちに私の中に、小さな村ができあがっていった。それが、今度書籍化されることになった「ありふれた人たちのここだけの話」の原型だ。

四コマ漫画を、最初の頃は一週間に一、二回の頻度で、私は「ペンションかみさと」のＳＮＳアカウントにアップするようになった。もともとは宣伝用にと夫が作ったアカウントだったけれど、彼はとっくに放り出していて、私が管理していたのだ。少しずつリポスト数や「いいね」が増えフォロワーも増えて、出版社から声がかかり、ウェブ連載が決まった。その時点で私は夫に報告したのだが、彼はすでに知っていたみたいだった。いつもパソコンに向かっているから、ときにはＳＮＳをチェックすることもあったのかもしれない。よかったな、小遣い稼ぎができるじゃないか、と彼は言った。皮肉にも嫌味にも聞こえる口調だったが、とにかく私はそれを了解と受け取った。連載も幸い好評で、今回の書籍化に繋がった。

その打ち合わせのために東京へ行くことを、夫は反対している。「小遣い稼ぎ」は認めるが、そのために私が家を離れるのは許せないらしい。私には夫の思考回路がさっぱりわからない――もう、理解できるとも理解しようとも思わなくなってしまったけれど。家を離れるといったって、たったの一泊なのに。東京という場所が、私に取っては「涼さんがいる場所」であるということを、夫が知っているはずもないのに。

母は自室にはおらず、裏庭にいた。土の上に屈みこんでいる。丸まった背中がさびしそうに見えた。少し前から、母は私たち家族と一緒に食事しなくなった。「年寄りだから朝早く目が覚めちゃうのよ」と言うが、実際のところは私の夫と同席することを避けているのだ。母が自分の心の平安のためにそうしているのがわかるから、私は何も言えない。せめて日中は渉とともに、なるべく母のそばにいようと思っている。歪《いびつ》な形態になってしまったが、仕方がない。

「おばあちゃん、何してるの？」

渉の声に母は振り返り、少し慌てたように立ち上がった。

「ここにも球根を植えたらどうかと思ってね。何をどんなふうに植えようか考えてたのよ」

言い訳みたいにそう言った。実際はただぼんやりしていたのかもしれない。

「そろそろ出るけど……大丈夫?」

私は言った。

「大丈夫大丈夫。あんたは東京で、しっかりやることやってきなさい」

母の言葉には含みがあるような気がした。

そんなはずはなくて、そう感じるのは私の心の問題なのだろう。

「渉、今日はおばあちゃんと一緒にいようね」と母が言うと、渉は「うん」と嬉しそうに頷いた。私は東京へ「どうしても、絶対に行かなくちゃならない」と何日も前から息子に言い聞かせてあって、息子は今のところそれを承諾している。幼稚園から帰ってきたときに私がいないと、少し泣くかもしれないが、夫よりはずっと聞き分けがいい。

母のタントを私が運転し、三人で幼稚園まで行った。結局、渉は幼稚園の前で降りたときに少し泣いた。いつもの朝と違うことがこのときにはっきりわかったのだろう。先生に息子を託し、母とともに駅へ向かった。駅からは母が運転して帰る。最近は以前のようには自分で運転しなくなったが、駅からペンションまでくらいの距離なら大丈夫だろう。母は、短い時間でも私や渉と三人でいられて嬉しそうだった。

切符はもう指定席を買ってあった。夫がどれだけ反対しても行くつもりだったから。列車に乗り込み座席に座り、列車が動き出すと、張り詰めていた気持ちがようやく緩《ゆる》んだ。

たかが東京に行くくらいで、と、十六、七歳の私がここにいたら笑うだろう。高校時代は友だちと誘い合って、長い休みのたびに東京へ遊びに行っていた。特急列車で二時間もあれば新宿に着くから、問題になるのは交通費だけだった。遠ざかっていくホームを、私は思わずじっと見てしまう。夫がそこにいて、こちらをじっと睨みつけているのではないかと。ティーンエイジャーの頃は、大人になればなんでも自分で決められるようになると思っていた。校則や親たちの干渉などとはべつの拘束があるなんて思ってもいなかった。

最後に東京へ行ったのはいつだったろう――そう考えて、父の死後長野に戻ってきて以来、上京していないことに気がついてびっくりした。会社を辞めてアパートを引き払ったときが、最後の東京だったのだ。ペンションの仕事に慣れるのに忙しくて、上京どころではなかったということもある。でも、実際のところ、私は東京へ行くことを避けていたのだと思う。東京へ行く理由はもうなかった。行かない理由――行けない理由だけがあった。

涼さんがいる東京。

新宿に着くと、私はやっぱりそう思った。そしてばかみたいに辺りを窺った。まるで涼さんがこっそり迎えにきている、とでもいうように。でも、もちろん、私に声をかける人は誰もいなくて、私は人波を縫って都営新宿線乗り場に向かった。

会社に着いたら受付で私を呼び出してね、と野々村さんは言っていたのに、入って行くと受付横のロビーでもう待っていた。同時にキャーッと叫んで、ハグをする。野々村さんは私と同い年で、メールだけのやり取りのときから気が合って、すっかり仲良くなってしまった。

「ちゃんと辿り着けたねえ」

「うん、辿り着けた」

お互い、それ以上は言わなかったけれど、辿り着けたという言葉には距離や地理のことのほかにも意味があった。野々村さんは私の夫に会ったことがあるし、「上京に反対している」ことも伝えてあったから。

そうして私は彼女と一緒にエレベーターに乗り、八階の編集部を見学した後、一階下がって会議室へ入り、すでにそこで待っていたデザイナーの人と会って装丁の打ち合わせをし、「辿り着いた」ことをあらためて実感した。小さな頃から絵を描くことが好きで、描くことを仕事にしたいと夢見ていたが、漫画を描きはじめたときは、先のことなんか考えていなかった。ただ、自分が自由でいられる場所を、漫画の中に求めていただけだった気がする。その漫画を好きだと言ってくれる人たちがいて、今、私はここにいる。原稿料や印税がもらえることも嬉しい。夫には「お小遣い」に思える額かもしれないけれど、私にとっては生まれてはじめて、自分のものだと実感できるお金だ。

「乾杯」

野々村さんがニコニコしながらグラスを傾けた。乾杯。私も言って、私たちはグラスを合わせた。打ち合わせが終わった後、私と彼女は会社を出て、彼女が予約しておいてくれたイタリアンレストランで、彼女が言うところの「第一回目の打ち上げ」をしていた。彼女は午後も仕事があるけれど「泡一杯白一杯赤一杯くらいなら全然問題ない」とのことで、私たちは一杯目のシャンパンを飲んでいる。

「いろいろ仕掛けていこうと思ってるんだよね」

最初はそんな話をする。登場人物の人気投票とか、町のマップを作って読者に仮想住人になってもらうとか、サイン会とか。私はいちいちびっくりして、張子《はりこ》の虎みたいに頷くばかりだった。上京してもらうこともどんどん増えると思うけど、大丈夫かな？　と野々村さんは言い、このときはあらためて強く頷いた。夫がどんなに反対しても、自分の漫画にかかわることでは絶対に自分の意思を通そうと決心した。

料理はコースだった。「高いほうのコース頼んだよ」と野々村さんが嬉しそうに言った。前菜は二品で、二品目に、トマトやバジルと盛り合わせたブッラータが出てきた。あ、ブッラータだ、と私が思うのと同時に、「あ、ブッダラタ」と野々村さんが言ったから、私は笑った。

ブッダラタというのは、私の漫画に出てくるキャラクターの名前だ。たいていは旅をしているのだが、ときどき、登場人物たちが住む村に戻ってくる。そして誰かの話を聞いてあげたり、ときには誰かを助けたりする。風景の端っこにあらわれただけで、何もしないでそのままいなくなってしまうこともある。痩せた男性で、フード付きのマントを着ていて、マントには山の風景が描かれている。フードを絶対に人前で脱がないので、顔はあまりよく見えず、村人たちは彼についての多くを想像で補っている――。

「ブッダラタ、いいよね。私、キャラクターの中でいちばん好きかも」

野々村さんは、ブッラータにナイフを入れながら言う。チーズの中身がとろりと皿に流れだし、私は西荻窪のギャラリーで、はじめてこれを食べたときのことを思い出さずにはいられない。

「欲を言えば、もっとたくさん登場させてほしい。あ、でも、たまに出てくるから沁みる、ともいえるんだよね。神秘的なところがいいんだもんね」

「うん。大事なキャラクターだから、大事に描いてるの」

「わかるわかる。ね、ひとつ聞いていい？　いつかブッダラタの顔が、あかされたりするの？」

「うーん……まだ決めてない」

「綾さんの中では、ブッダラタの顔は、もうできあがってるの？」

「うん」

おーっと、野々村さんは声を上げて小さく拍手をした。私の「うん」に力がこもっていたためかもしれない。もちろん、ブッダタラの顔はもうできあがっている。というか、最初からあった。涼さんの顔なのだから。

「っていうか、ブッダラタってもしかして、ブッラータが由来？」

野々村さんの言葉に、私は笑った。

「今更、聞く？　わかってて、ブッダラタの話はじめたんじゃなかったの？」

「まあ、連想したわけだけど……。そうなんだ、本当にブッラータが由来なんだね。なんで？　チーズ関係の人っていうオチ？」

「チーズ関係の人って、どういう人よ」

「でも綾さん、よく知ってたねブッラータなんて。私はこのお店ではじめて食べて、このトロッとしたおいしいチーズがブッラータだってことを知ったんだけど……。もしかして食通？」

「あはは。食通じゃないよ。昔、東京で食べたの。名前覚えられなくて、ブッダなんとか、って言っちゃって。それが忘れられなくて」

「忘れられなくて、って色っぽい言いかただね」

「えー、そう？」

私がごまかしたから、ブッラータの話はそれで終わった。野々村さんは鋭い。私は彼女の言葉で、自分がいまだに忘れられないでいることに——今まで一度も、忘れたことなんかないことに、あらためて気がついた。

レストランの前で、野々村さんと別れた。とんぼ帰り？ と聞かれて「うん」と苦笑を返したのだけれど、嘘だった。私は吉祥寺へ向かった。

神保町の駅構内から、涼さんに電話するつもりだった。今、東京にいるから、もし時間があったら、少しの間だけでもいいからお茶でも飲みませんか、と。でも、勇気が出なかった。以前、電話をかけたとき、私だとわかってブツッと切られたことを、やっぱり忘れることはできなかった。でも、そのあとで涼さんは突然ペンションにあらわれた。あのときは会話らしい会話もできなくて、あれはどういうことだったのだろうと、私はずっと考えている。それを聞きにいきたい。

私は電話できないまま、吉祥寺駅に着いた。電車の中では、電話はしないで彼の家の前まで行ってみよう、と考えていた。呼び鈴を鳴らしたりはしない。ただ、涼さんの気配を感じることができれば——窓を横切る涼さんの姿だけでも見ることができれば——と。まるでストーカーだ。それに家には彼だけがいるわけではない。彼の奥さんもいるはずだし、涼さんはいなくて、奥さんだけがいるかもしれない。奥さんが私を見つけて、不審に思うかもしれない。

結局、私は涼さんの家へ行くことをやめ、バイトしていたギャラリーにも行かないことにした。オーナーの稲田さんに会えれば涼さんの近況が聞けると考えていたけれど、稲田さんの口から私が来たことが涼さんの耳に入るかもしれず、そうしたら彼は、私のことを気味悪く思うかもしれない。奇妙なことに、涼さんとの間の物理的な距離が近くなればなるほど、私は臆病になるようだった。吉祥寺にいるといろんなことを思い出したが、それらの記憶は、夢の中の出来事だったようにも思えた。街の景色は八年間の間に様変わりしていて、涼さんと歩いた吉祥寺はもうどこにもないみたいな気がした。

見知った景色を探しながら、いつしか井の頭公園の中を歩いていた。平日でもこの公園にはいつもたくさんの人がいる。小さな人だかりの向こうで、白髪のおじいさんが箒《ほうき》に弦をつけたみたいな、奇妙な楽器を演奏していた。耳ではなく皮膚を通して体の中に入り込んでくるような音で、「小さい秋」のメロディが流れてくる。この場所で昔、漫才をやっていた。私も涼さんも、そこにいた。言葉を交わしたりはしなかったけれど、私が涼さんと――それに彼の奥さんと――はじめて会ったのはここだった。

そこを離れて歩き出したとき、橋の上に涼さんが見えた。はじめ私は、自分の心のせいだと思った。涼さんのことばかり思い出しているから、年格好が似ている人が彼であるように見えているのだと。でも、それは間違いなく彼だった。以前会ったときよりも髪が長くなり、私が知っている涼さんなら「派手すぎるよ」と苦笑しそうな鮮やかな辛子色のパーカを羽織っていたけれど、笑顔で、涼さんだとわかった。涼さんが笑いかけているのは傍らの女性だった。奥さんではなかった。グレイのワイドパンツにブルーのロングカーディガンという洒落た格好をした、すんなり痩せた女の人だった。

祥川涼

隔週の木曜日を、僕は何よりも楽しみにしている。

正午近くなるとパソコンを開く。第二、第四木曜日の正午更新、とサイトには明記されているが、正午より少し早く更新されていることもあるからだ。綾が描いている漫画「ありふれた人たちのここだけの話」を、一刻も早く見たくて仕方がない。

今日の更新はいつもより少し遅かった。何度かリロードして、十二時三分に最新話を読むことができた。思わず、微笑が浮かぶ。今回はブッダラタが登場していたからだ。旅から帰ってきたらしい。どこへ行っていたのだろう——フードにもマントにも、花びらが積もっている。花びらを撒き散らしながら歩いていくので、彼の後ろにバージンロードができて、つい結婚式をあげてしまうカップルがあらわれる。

この漫画はまったく綾らしい。綾らしい体温と、やわらかさがある。

ＳＮＳのアカウントを僕自身は持っていないが、二年くらい前から「ペンションかみさと」のアカウントをチェックするようになった。以前にも検索してみたことがあったのだが、そのときにはたまに宣伝めいた決まり文句が流れるだけだったそのアカウントに、あるときから少しずつ生気が灯るようになったのを感じたのだった。綾だ、と僕は確信した。それまではたぶん、べつの誰かが担当していたのだろう、でも、今は綾だ。綾が画面の向こうにいる。

そのうち漫画がアップされるようになり、その五回目に、ブッダラタがあらわれた。その、さすらいの男のネーミングから、僕にはすぐにわかった。これは僕だ。僕だけにわかる、綾から僕へのメッセージなのだと。綾はまだ僕を忘れていない。僕をきらいになっていない。綾は僕を、まだ――。ブッダラタの言動を、僕は深読みせずにはいられない。

ノックが聞こえ、僕は慌ててパソコンの画面を変えた。スマートフォンを手にした藍子が顔を出す。

「木島さんが、あなたと話したいって」

木島というのは藍子を担当している文芸編集者だ。僕の仕事にもかかわったことがあり、個人的にも懇意にしている男だった。

「やあ、久しぶり」

藍子のスマートフォンを受け取って木島に応答すると、藍子はちらりと僕のパソコンのほうを見てから、部屋を出ていった。綾の漫画のサイトを僕が隠したことに気がついたのだろうか。疚《やま》しいことをしているわけではない、と自己弁護しているが、綾とのことを藍子に話していないのはたしかだ。話したほうがいいのかもしれない。綾とのことは忘れられない記憶だが、僕はもう、綾とどうこうなろうとは思っていないのだから。

「こないだちょっと話した企画のことなんだけどさ……」

僕がアルコール依存症だった頃から回復するまでの間に制作したリトグラフを、一冊の画集にまとめたら面白いんじゃないかと、以前会ったときに木島は言っていた。企画が通りそうなので、具体的に進めたいと言う。かまわないと僕は答えた。

「それで、文章も載せたいんだよね。作品数が少ないこともあるし、テーマがテーマだから、文章半分、リトグラフ半分という体裁はどうかと思ってるんだ。どうかな？　依存症だったときの気持ちとか、見えてた景色とか。回復するとともに、それがどんなふうに変わっていったかとか」

「いや、短文ひとつくらいならがんばるけど、長い文章いくつも書くのは無理だよ。藍子さんに頼むのはどうかな。彼女の協力があって回復したわけだし」

「うん、俺もそう思ったんだけど、書きたくないっていうんだ」

僕はちょっとびっくりした。藍子が断る理由がわからなかったから。ちょっと話してみるよと言って、電話を切った。

藍子とは二年前から一緒に住んでいる。

僕のアルコール依存症からの脱出をサポートするため彼女はこの家に通うようになり、そのうちごく自然にそうなった。

「お昼ごはんよ」

今度はノックはなく、階下から声だけで藍子が呼ぶ。僕は降りていった。テーブルの中央に大皿に盛ったグリーンサラダ、それぞれの席の前にオムライスの皿が置かれている。僕のオムライスには、ケチャップでピースマークが描かれている。

「懐かしいな、オムライス」

藍子がここに通うようになった頃、たしかはじめて彼女が僕のために料理してくれたのがオムライスだった。藍子は微笑む。本を読む人ならば誰もが知っているほどの小説家だが、思索的で穏やかな性格のやさしい女だ。仕事を介して出会ったときには、恋仲になるなど想像もしなかった。

「僕の誕生日だったっけ、今日」

冗談を言ってみた。藍子はやはり微笑んだだけだった。もともと物静かなほうだが、今日は何かいつもと違う。やはりさっき、僕が見ていたものを隠したことに気づいたのかもしれない。僕がアダルトサイトを徘徊していると思っているのかも。そういえばこのところ夜、抱き合っていない。僕にとって藍子は姉のようなところがあり、その感じに恋の領域は侵食されつつある。だが、僕らはうまくいっているし、そういう関係もあるだろうと思ってきた。

さっき見てたのは、アダルトサイトじゃないんだよ。そう言ったほうがいいだろうか。へんだ。さっき見てたのは、昔の知り合いが描いた漫画なんだよ。そう言うべきだろうか。なぜ隠したの？　と藍子は聞くだろう。なぜだろう？

僕は、疚しい、ということに気がつく。綾の漫画を楽しみにしていることを、疚しくはない、と自分に言い聞かせていたが、実際は十分に疚しいのだ。なぜなら僕は今、漫画のことを藍子に打ち明ける気にどうしてもならないから。

オムライスの上のピースマークが、いつの間にか消えていた。考えながら食べていたせいだ。

「あなたの画集のことだけど」

と藍子が言った。そうだ、そのこともあった、と僕はスプーンの動きを止めた。

「協力できなくてごめんなさいね」

「あ、うん……」

先にはっきり拒否されたかたちになった。

「そんな余裕はないかな、やっぱり」

藍子は今、新聞小説のほかに、複数の連載を抱えている。新聞小説の挿絵は僕が描いていた。

「余裕がないわけじゃ、ないんだけど」

僕は藍子の次の言葉を待った。けれども次に藍子の口から出たのは「サラダもっと食べてちょうだい」だった。それで、僕はもう何も聞けなくなってしまった。


実際のところ、藍子は忙しいのだろう。僕との関係は業界内ではほとんど公になっているが、それを活字にすることにはためらいがあるのかもしれない。そうだ、たぶんそれだ。それを言い出しづらくて、いつもと違う様子になっていたのだろう。気を遣わせてしまった。藍子に頼らず自分で長い文章を書くのはしんどいが、この件は藍子ではなく編集者とあらためて相談すればいい。藍子にそう言おう。気にしなくていいと。一般読者たちにまで僕らの関係を明かす必要はないと、僕も思っている。そう言おう。

そう考えながら僕はアトリエにいる。藍子は、彼女の書斎——寝室の一部を書棚で区切ってデスクを置いてある——で仕事をしているはずだ。昼食の後、洗いもの担当である僕がそれを終えると、彼女はもうダイニングにいなかった。書斎を覗いて、三分ほど話しても邪魔にはならないだろうと思いながら、僕はなんとなくアトリエから動けずにいる。

そして気がつくとスケッチブックを取り出して、素描している。藍子の顔。笑顔。執筆しているときの横顔。そして今日の顔……。はじめて顔を合わせた会食の席で、僕らはお互いに、どうしてもこの人とまた会いたい、と思った——というのは、親しくなってから打ち明けあった――のだった。藍子は間もなく、僕の酒の飲みかたが異常だと指摘し、専門医を探してくれた。入院中は毎日通ってきてくれた。退院後は監視しつつ励ましてくれた。僕のために彼女も酒をやめた。僕がいない場所でも、今はノンアルコールドリンクしか口にしないらしい。

僕の鉛筆は動き続ける。それは今は綾の顔を描いている。奇妙なことだ――藍子のことを考えながら、藍子の顔を描いていたはずなのに。輪郭を描く鉛筆の動きのほんのわずかな違いで、僕はどうしようもなく綾を描いてしまう。出会った頃――ブッラータを一緒に食べたときの綾。最後に会ったとき――妊婦だった綾。心持ちふっくらしていた頬。一瞬、僕と目が合ったときの切なそうな顔。いや、これは僕の妄想だ。目は合わなかった。綾は決して僕の顔を見ようとしなかった。あのときの綾の心の中を僕は素描する。悲しげな綾の顔。いや、やっぱり綾は笑っていたほうがいい。僕は綾を微笑ませる。僕だけに向かって。

ノックの音がした。僕は微かに苛立つ。今日はノックに中断されることが多すぎる気がして。だが、もちろん、そんな気分は急いで心の奥に押しやり、スケッチブックを閉じ、微笑みを作って振り返る。

「仕事中？」

と訊ねる藍子の視線が、スケッチブックの上に留まった気がした。いや、ちょっと考えごとをしていただけだよ、と僕は答えた。

「散歩に行かない？」

「久しぶりだね」

と僕は立ち上がった。


以前はほとんど毎日のように散歩していた。僕の酒への欲求をそらすため、藍子は僕を表に連れ出したのだ。行き先はたいてい井の頭公園だった。今日もそこを歩いている。

物悲しい音が聴こえてくる。前方に小さな人の向こうで老人が胡弓《こきゅう》を弾いている。「荒城の月」だ。そういえば以前やっぱりこの公園で、路上の漫才を見たな、と僕は思い出す。あのとき僕の横には路子がいた。そしてじつはあのとき、僕は綾に出会っていたのだった。思いがまた過去へと流れ出していく。

「つきすぎね」

藍子が言った。僕は現在に引き戻されて、慌てて微笑した。「つきすぎ」というのは藍子と付き合うようになってから僕が覚えた言葉だ。俳句用語らしいが、ようするに「梅に鶯」のように、「老人」「胡弓」「荒城の月」という取り合わせがわかりやすすぎるというか、凡庸であるというほどの意味だ。

「私のこういうところ、あなたはあまり好きじゃないでしょう」

「えっ……なんだよ、急に。そんなことないよ、さすが小説家だなって思ってるよ」

「ウフフ」

藍子が笑ったから、冗談だったのだろうと思うことにして、僕らはそこから歩き出した。やっぱり今日の藍子はどこか妙だ。いや、僕がぼうっとしすぎているせいだろうか。もっと藍子のことを気遣うようにしないと。

「ボートに乗らない？」

藍子がそう言ったのは、七井橋《なないばし》を渡っているときだった。池には平日にもかかわらず何艘ものボートが浮かんでいた。そう言われればこの公園には幾度も来ているのに、藍子とボートに乗ったことはなかった。

「めずらしいこと言うね」

僕は藍子とボートに乗りたくなかった。綾とここでボートに乗ったのが、僕らの実質的な最後のときだったから。つらい記憶だったが、それを藍子とのひとときで上書きすることに抵抗があった。

「あまり気が進まないな……ここでボートに乗ったカップルは別れるという都市伝説があるらしいから」

それで、僕は冗談めかしてそう言った。知ってるわ、と藍子は言った。

「別れようと思ってるのよ」

「え？」

「あなたの心は私に向いてないわ、一ミリも。皮肉なことよね、あなたがお酒をやめて、ふつうの生活になるにつれて、それがわかってきたの。あなたを悪くは思ってないわ――心のことは、自分でもどうにもならないもの。お酒ならやめてもらうことができたけど、こればっかりはね、どこかに閉じ込めておいたって、あなたの心は飛んでいくもの」

薄く微笑みを浮かべて、僕と自分自身の両方に言い聞かせるように話す藍子に、僕は返す言葉がなかった。

4
「八年前」

音村綾

「もう目立つねえ」

と声をかけられた。「ペンション山のおと」のルカちゃんだ。私より二歳年下の二十六歳。「山のおと」の二代目の菊池くん――私の小学校のときの同級生――と去年結婚してこの地に来た。歳が近いので仲良くしている。

「やっぱり？　もう〝太った〟じゃごまかせないかな」

「ごまかす必要もないじゃん」

ケラケラと、ルカちゃんは笑う。私はあまりうまく笑えなかった。妊娠25週めに入ったところだった。私たちは今、ペンション村に通じる国道の路肩にいて、数ヶ月後の夏、観光客の目を楽しませるために、ラベンダーの苗を植えつけているところだ。私たちのほかに、村内の各ペンションから人が出ている。

「経験ないからわかんないけど、ずっとしゃがんでるのきついんじゃない？　そこで休んでたら？」

ルカちゃんは、村の人が苗を運んできた軽トラックを指差す。そういうわけにはいかないよ、と私は苦笑した。

「えっ、綾ちゃん妊娠してるの？」

私たちの話を聞きつけて「ペンションアナベル」の奥さんが言った。妊娠のことは、産婦人科があるクリニックの待合室で知り合いに会ってしまったために、ペンション村の大半の人が知っているのだが、まだ情報が行き渡っていない人もまれにいる。そして私はこんなとき、できれば誰にも知られたくなかったのに、と自分が思っていることに気がつく。もっと言えば、自分がこの妊娠を喜んでいるのかどうかわからないことにも気がついてしまう。

「だめよう、無理しちゃ。冷えちゃうわよ、こんなところで作業してたら。旦那さん来てるんでしょう、ひとり出れば十分よ」

そう言ってアナベルの奥さんはキョロキョロした。

「来てないんです」

と私は言った。

「あら、そうなの？　なんで？」

素朴な質問だ。村で決めた、村のための作業なのだから、村内でペンションを営業しているなら原則的には出られる人はみんな出るというのが暗黙のルールなのだ。うちは、しばらく前に母が腰を痛めてしまい、そのことは私の妊娠よりもっと広範囲の人が知っている。そのうえ私が妊娠しているのであれば、私の夫が出てこないはずはない、とアナベルの奥さんは思っているだろう。

「今、仕事が忙しいみたいで……」

「仕事って？」

「株の取引みたいな……私、よくわかってないんですけど。ペンションの仕事のほかにそういうことも彼、やってて、今手が離せないみたいなんです」

こんな説明で、アナベルの奥さんだけでなく誰だって納得なんかさせられないと思ったが、案の定、奥さんは曖昧な表情で「ふうん」とだけ言って、離れていってしまった。あっちで作業している人たちと、我が家の内情についてあれこれ噂するのかもしれない。

「ていうか音村さん、ちょっとひどくない？」

ペンション同士が近いから、アナベルの奥さんよりはうちのことを知っているルカちゃんが、小声で言った。

「うーん……行くって言ったのは私だし」

「音村さん、綾が妊娠してることは知ってるんだよね？」

ルカちゃんが笑いながらそう言ったので、私も笑うことができた。それで彼女がこの話題を終わりにしてくれたのも、ありがたかった。夫のことはあまり話題にしたくない。話題にすれば、考えなければならなくなるから。

「明日は一緒に出てくれる？」

昨日、寝室でふたりきりになったときに、私は夫にそう言った。「どういう意味？」と彼が聞いたから、ラベンダーの植え付けのことを説明した。回覧板が来ていたでしょう、と思いながら。

「なんで俺が出なきゃいけないの」

「だって、ペンションの人はみんな出るのよ」

「ボランティアなんだから、強制力はないだろ。みんなが出るからあたしも出るって、そういうのがいちばんきらいなんだよ、俺」

「だって、ペンション村の宣伝のためよ」

「だって。だって」

夫がいきなりぎょっとするような甲高い声を出して、私の口真似をした。

「そう思うなら思う奴が出ろよ。俺はべつに止めないよ」

それで、私はもう何も言うことができなくて、ひとりでここへ来たのだった。

4［八年前］

早朝からの作業だったので、家に戻ったのは九時だった。四月の半ばだが、この辺りではまだストーブが必要な気温だ。朝、出るときに薪をくべてきたのに、ペンションの中は寒いほどだった。薪が補充されておらずストーブは冷え切っていた。母を探すと自室で布団にくるまっていた。

「腰がまたひどくなっちゃって。ごめん。ストーブが気になってたんだけど、動けなくて」

「いいよ、いいよ。今日はお客いないし。休んでて」

私は母の部屋にある小型のストーブに灯油を入れて、スイッチを入れた。これも自力ではできなくて、布団にくるまるしかなかったのだろう。

「俊一さんは？」

母は肩をすくめて首を振った。今朝はまだ会っていない、という意味だろうか。聞く気にもなれなくて、「あとでまた様子見に来るから」とだけ言って、私は母の部屋を出た。

私たちの寝室へ上がる。出かけるときはまだ眠っていた夫は、もうベッドにいなかった。隣室のドアをノックする。もともとは納戸だった部屋だったが、結婚以来夫の書斎になっている。ノックするのは、いきなりドアを開けて怒鳴られたことがあるからだ。

返事はないが、いつものことなので、ドアをそっと開ける。窓がない四畳ほどのその部屋は、蛍光灯でいつも同じあかるさで、広さに対して大きすぎる石油ファンヒーターを使っているせいでむわんと暑い。まず見えるのは夫の背中だ。デスクのノートパソコンに向かっている。その背中は家具のひとつのように動かない。

「ただいま」

と私が言うと、

「おかえり」

と夫は同じ姿勢のままで答えた。この頃はいつもそうだ。私が入ってきたことに気がついても、夫は振り返らない。

私はしばらくそのまま彼の背中を見ていた。何を言えばいいのかわからなくなってしまったから。すると夫のほうから「何？」と言った。

「……ストーブが消えちゃってて、家に入ったら北極みたいだったわ」

私は冗談めかしてそう言った。夫は黙っていた。

「薪は放っておくと燃え尽きちゃうから。ときどき薪を足してくれなくちゃ」

当たり前のことを私は言った。

「客がいないんだから、べつにいいだろ」

夫は振り向かないまま言った。

「だって母がいるわ。腰が痛くて、薪を入れられなかったのよ」

「お義母さんの部屋には灯油ストーブがあるじゃないか」

「灯油が切れてたの。それにやっぱり、今の時期は薪ストーブを燃やしておかないと

「……」

「あのさあ」

夫は私の言葉をいらだたしげに遮って、振り向いた。

「俺が忙しいの、わかんない？　昨日も今日も客がいないペンションがやっていけてるのって、俺が稼いでるからだっていうの、わかんない？」

夫は目を釣り上げて早口で言った。怒鳴ったりはしないが、彼のこういう怒りかたが、怒鳴られるより私はいやだった。

「お客がいないのは、シーズンオフだからよ。べつに経営に困ってるわけじゃないでしょう」

「だからそれが呑気すぎるんだって。これから子供が生まれるんだぞ。子供を成人させるまでにいくらかかると思う？　俺は自分の子供を、田舎者で終わらせるつもりはないから」

私は曖昧に口元をカーブさせて肩をすくめた。さっきの母と同じ表情と仕草だ。自分がどうしてこんな顔をしているのかわからない。母もきっとわからなかったろう。この頃、私も母もこういう顔ばかりするようになった。

結婚し、ペンションで暮らすようになって半年も経たないうちに、今のような状態になった。最初の頃は、夫は近隣との付き合いにも顔を出していたし、客室の掃除やベッドメイク、客の送迎などを手伝ってくれていたが、半年ほど経ったある日の朝——あとから考えれば、それはちょっと居丈高な客が二日間滞在した翌朝だった——ベッドから起きてこなくなり、微熱があるとかで一週間くらいぐずぐずしていた。そしてようやく起き出してきたあとは、ペンションの仕事にも、近隣との付き合いにも、いっさいかかわらなくなった。

自分にはペンションの仕事は「向いてないということがわかった」と夫は言った。「適材適所ってものがあるんだよ」と。かわりにはじめたのは株の取引だった。彼が言う通り、少なくない利益を上げているらしく、ときどきまとまったお金を渡してくれる。古い薪割り機が壊れたとき、そのお金で新型の、大きな薪割り機を買った。夫は得意そうに支払明細を私に見せて「よかっただろ?」と言った。私は頷いたけれど、実際は、そんなに大きな、高額な薪割り機でなくてもよかった。あなたがペンションの仕事を手伝ってくれたほうが助かるし、とにかくその部屋に一日中こもっているのをやめてくれたほうが嬉しい、と言うことができなかった。

「じゃましてごめんね」

それで、私はそう言って、夫の部屋を出た。ストーブに薪を入れて焚きつけた。いつもならすぐ火が熾《おこ》るのに、炎はなかなか上がらなかった。それしきのことに涙が出そうになる。

ようやくストーブの前から離れると、私はコートを羽織り、外に出た。電話をかけるためだ。夫に聞かれたくなかった。

「おー、お久しぶりですー」

康平くんのあかるい声を聞いたら、また泣きそうになった。私が結婚して以来、彼にバイトを頼んでいなかった。去年の夏は、夫は今よりはペンションの仕事をしてくれていたのだ。私は、朝早くに電話したことをあやまった。

「就活はどう？」

苦戦していますという話を面白おかしく康平くんはしてくれた。それから、ふっと間が空いて、「なんかあったんすか」と彼は聞いた。

「ううん……久しぶりに声が聞きたかったのと、バイトのことでちょっとお願いがあって」

今年のゴールデンウィークにうちで働いてくれるような後輩がいたら紹介してほしい、と私は言った。夫がああいう態度を通すのであれば、繁忙期に私ひとりでペンションを回さなければならなくなる。母に無理をさせることは避けたかった。

「うーん……」

康平くんの声のトーンが落ちる。やりたいやつはいそうですけど、と彼は続けた。

「バイト雇うことは、ご主人も了解済みなんですか？」

「え？　まだだけど……彼は、自分の仕事で忙しいから……」

「綾さんには言わないつもりだったんですけど……じつは俺、去年の夏前にご主人と話したんですよね」

「え？」

去年の夏も就活で忙しかったが、息抜きに山に行こうと思い、「ペンションおとむら」に宿泊するつもりだった。それで電話をかけたら、応対したのが綾の夫だった。康平はまず、かつてペンションでアルバイトしていた者として自己紹介した。ああ君か、と俊一が応じたので、綾から聞いているんだなと思ったそうだ。だが、そのあと予約を取ろうとしたら、俊一の口調が変わったという。

「もう連絡してこないでほしい、って。ペンションの手は足りてるからと言われたので、いや、客として宿泊させてもらいたいんですといったら、悪いけど遠慮してくれないかって。正直不快だからって」

私はしばらく言葉が出なかった。夫からは、康平くんから電話があったことすら聞いていなかった。不快？　俊一は康平くんに会ったことすらないのに？　――いや、ある。私は気づいた。会ったことはある。結婚前、俊一が客としてペンションに滞在したとき、康平くんがアルバイトしていた。そのときの印象で、夫は「不快」と言っているのだろうか。それから私は、もうひとつのことに気がついた。あのとき、バイト期間が終わった康平くんを送っていった駅に、俊一もいたのだ。前々日に帰ったはずなのに、なぜかそこにいた……。

「俺の接客で、なんか気に触ることがあったのかもしれないです。それか、もしかしたら綾さんと何かあると疑ってるとか？　すみません」

「康平くんがあやまることなんかないよ。いやな思いさせてこっちこそごめんなさい」

「綾さんのことがすげえ大事なんだと思いますよ、ご主人」

康平くんが気を使ってくれているのがわかった。実際には、そんなふうには思っていないだろう。彼の口調には気の毒そうなトーンがあった。

電話を終えた後、私はしばらくの間突っ立っていたらしい。体がすっかり冷えていた。俊一と話さなければならない、と思った。でも、どう話せばいいのだろう。浮かんでくるのは彼の背中だけだった。それは彼のノートパソコンや彼の部屋のドアと同じ質感に感じられた。

話すどころか、朝食や昼食のために部屋を出てきた夫に、いつもと同じように接する努力をしながら、時間が過ぎた。私を動かす重要な部品がひとつかふたつ、なくなってしまったみたいだった。俊一と結婚して以来のことだ。気がつくと、なくなっていた。

昼食の後、再び部屋にこもっていた俊一が、二時過ぎに降りてきた。検診だろ、と言われて、その日だったと思い出した。妊娠して以来、彼は毎回、自分で運転して病院へ付き添ってくれる。ペンションには関心はなくても、私にまで関心がないわけではないのだ、と私は考える。

ふたりで外に出たとき、車が一台、敷地内に入ってきた。杉並ナンバーのシビックだった。ふりの客だろうか。私と俊一がうちの車に乗らずに立ち止まっていると、シビックは停まり、降りてきたのは涼さんだった。

祥川涼

朝だろうか、夜だろうか。

最近、目が覚めて最初に思うことはそれだ。眠りの中でずっとじくじくと感じていた頭痛が、体を起こすと槍で刺されるような強い痛みになる。頭を押さえながら部屋を横切り、厚ぼったいカーテンを開ける。朝なのか夜なのかわからないのは、このカーテンのせいもある。昼間、ベッドに入りたくなることが多くなったので、遮光のものに買い換えたのだ。外はあかるかった。とりあえずほっとするが、すぐに憂鬱が戻ってくる。また一日がはじまるのだ。

キッチンへ行き水道水を飲む。コーヒーを淹れよう、と考える。コーヒーを淹れて、何か食べよう。それで冷蔵庫を開けるが、食材はほとんど見当たらない。何日前に買ったかわからないコンビニの弁当がひとつ、棚にのっているが、そんなものを食べる気にはならない。だからかわりに、350ミリリットルの缶ビールをひとつ取る。缶ビールはふんだんに冷蔵庫の中に入っている、というか詰め込んである。このビールのアルコール度数は5パーセントだ。たいしたことはない、こんなのはアルコールのうちに入らない、と僕は思う。

冷えたビールをごくごくと呷ると、頭痛が少しマシになる。それでさらに呷る。なるべく保たせようと思っているのだが、あっという間にひと缶空けてしまう。コーヒーを淹れよう、コーヒーだ。しかしコーヒーメーカーは二年前に壊れたままになっており、コーヒーを淹れるためには湯を沸かしドリッパーをカップにセットしそこに少しずつ湯を注ぐという作業をしなければならない。それが今の自分にできる気がしない。

それで僕は再び、冷蔵庫を開ける。ふた缶目のプルトップを引いたとき、電話が鳴り出した。スマートフォンではなく据え置きの電話が鳴るのはめずらしい。電話が鳴っても、最近は場合によっては無視する。だが今朝は、出ることにする――頭は痛むが、まともに喋ることはできそうだったから。

「桜田と申しますけれど」

と女性の声が名乗ったが、誰なのか僕にはわからなかった。

「桜田藍子です、小説家の……」

「ああ！」

彼女の単行本の装画を描いたのだった。本は先週、刊行され、僕のところにも届いていた。最近の自分としては、満足のいく絵を描いた——というか、その仕事をしたときは、僕の状態は今よりもマシだった。

「とてもすばらしい絵を描いていただいて——お礼を申し上げたくて、東さんから連絡先をうかがいました。いきなりごめんなさい」

作家は担当編集者の名前を挙げて説明した。

「いやいや……わざわざ恐縮です」

この作家に僕は会ったことはなかった。装画の仕事を引き受けたときにその単行本の原稿とともに、前作を一冊、読んでいた。そこに記されていたプロフィールを見て、年齢が僕よりふたつ上の四十四歳であることを知り、ああ、あの本も彼女の作だったのか、と思ったりしただけだった。ネットで検索はしなかったから、容貌も知らないままだ。だからこのときの彼女の声のやわらかさはとりわけ印象深いものになった。

桜田藍子は、本来ならメールか手紙でお礼を伝えるのが適当なのだろうが、どうしても直接自分の気持ちを伝えたかったので、不躾《ぶしつけ》にいきなり電話をしてしまいましたと詫びた。そして僕の絵を見て彼女が感じたことを語った。話しているうちにどんどん熱を帯びてきて、途中で本人がそのことに気づいてまた詫びた。こちらこそありがとうございました、と僕は言った。桜田藍子の声と、彼女が語ったことは、飲む習慣が長らくなくなっていた熱くて旨い日本茶みたいに僕の体に沁み込んだ。電話を切ったあと、僕が考えていたのは綾のことだった。

鏡を見るのは久しぶりだ。

これも久しぶりに散髪に行ったので、ここ最近の中ではいちばんすっきりしている。白髪が増えた。四十代でこんなに白くなるのは父の遺伝だろうが、僕の場合は生活の質も関係しているのだろう。もともと痩せ型ではあるが、さらに痩せている。筋力も落ちているだろう。目の下が落ち窪み、頬がげっそりこけて病人のようだ——実際のところ、病人なのかもしれないが。

僕は頬を叩き、目の下をこすった。そしてニヤッと笑ってみた。そんなことではどうにもならない、ということだけがあきらかになり、作り笑いではなく本心から力なく笑って、コートを羽織った。木綿のコートだが薄く中綿《なかわた》が入ったやつだ。この時期、長野はまだ冷え込んでいるだろう。

正午少し前。今日は起床してからまだ酒を飲んでいない——といっても、寝床を出たのは一時間前だが。とにかく起き抜けの憂鬱を、ビールでごまかしたくなる気持ちはどうにか抑えることができた。今日は車の運転をするのだから、と自分に言い聞かせて。

その車に僕は乗り込む。以前乗っていたカローラは、路子の死後間もなく故障して、修理は可能だったのだがそのときに手放してしまった。妻を助手席に乗せて産婦人科へ向かい、そのあとは腫瘍科へ通い、そしてひとりで妻が入院している病室に通った車に、もう乗りたくなかった。今、乗っているのは、そのあと買った中古のシビックだ。妻の死とともに車への興味をほとんど失ってしまったので、シビックを選んだのは値段とタイミングだけの結果だった。

高速道路は空いていた。

綾がいる場所へ続くこの道を、最後に走ったのは何年前だったろうか。二年前――いや、もう四年近く前になるのか。綾のことに関しては時間の感覚がくるってしまう。ただ、綾にまつわる記憶は小さな箱にしまわれて、いつまでも僕の頭の中の特別な場所にある。

あのとき以来、綾とは言葉さえ、メールの文字さえ交わしていない。僕は思い、いや、違う、ともうひとつの記憶の箱を開ける。二年前、綾の声を聞いたじゃないか、と。涼さん。綾の声がよみがえる。囁くような声だった。涼さん。綾は二度、僕の名前を呼んだ。だが僕は彼女の名前を呼び返すことができなかった。あのとき僕はひと言も発さなかった。そして自分のほうから電話を切ったのだ。綾はどう思っただろうか。あのときのことを思い出すと苦しくなる。

今頃、綾はどうしているだろう。

綾が実家へ戻って以来、僕がそれを思わないときはない。今日は、その想像にはより具体性がある。綾はいくつになったのか――僕より十四下なのだから今二十八歳だ。大人っぽくなっているだろう。三月の終わり、正午過ぎ、晴天。長野も晴れているだろうか。晴れていても、あちらはまだ寒いだろう。モヘアのニットなんかを着てるかもしれない。ペンションの仕事にひと息入れて、昼食を食べているところだろうか。ひとりで？　母親とふたりで？　それ以上は僕は考えないようにする。

路子の死後、僕はどうして今まで綾に会いに行こうとしなかったのだろう。綾に向かって走りながら、そのことが不思議で仕方なくなるが、同時に、今こうして会いに行く決意をしていることも、その決意ができたことも、不思議に思う。桜田藍子からの電話がひとつのきっかけになったことは間違いなかった。彼女のやわらかな声が、言葉を慎重に選んだ、でも心からのものだとわかる僕の絵への賛辞が、僕に力をくれたのだろう。


綾はモヘアのニットは着ていなかった。

白い薄手のダウンコートの下は、すみれ色のジャージィ素材のワンピースで、想像よりもずっと大人っぽい姿だった。

「お久しぶりです、祥川です」

僕は微笑んで会釈した――昔の、ちょっとした年上の知り合いのように。車の中でずっと夢想していたように、「綾！」と叫んで彼女を抱きしめることなどできるはずもなかった。なぜなら綾の隣には男がいたから。

男は、綾よりふたつ三つ年上だろうか。韓国の俳優のような雰囲気の整った顔立ちで、黒いコートに黒いタートルネックセーター、グレイのウールのズボンという、都会的な出で立ちをしている。ぽかんとしている綾に少し近づきながら、彼は僕同様に微笑して「妻のお友だちですか」と僕に聞いた。

「はい、昔西荻のギャラリーで綾さんがバイトしていたときに、僕もそこに出入りしていて……。仕事でこちらへ来たときに、綾さんに案内していただいたこともあって。今回も仕事で来たんですが、懐かしくなって、ちょっと寄ってみました」

僕は嘘を混じえてすらすらと喋った。酒が入っていなければそのくらいのことはできる。綾の表情は固い。僕があらわれたことに戸惑い、迷惑に思っていることがわかる。男は宿泊客か、綾の親戚か何かかもしれないという、ふたりを見た瞬間に僕の頭がこしらえた都合のいい考えはあっさり打ち消されてしまった。男が綾の夫であることは間違いなかった。それを認めるとともに、僕はもうひとつのことも認めざるを得なかった。綾の腹部の膨らみ。綾は妊娠している。

「お泊まりになりますか?」

男がにこやかに聞いた。

「急ですけど、もしできれば……」

僕はそう答えた。それが自然だろうからだ。

「いいかな？」

と男は綾に微笑みかけた。綾はぎこちない笑顔を作って「もちろん」と頷いた。

綾の母親の反応を僕は恐れていたのだが、彼女はあらわれなかった。僕を部屋まで案内したのは綾の夫だった。音村です、と彼は自己紹介した。つまり綾は音村綾になったのだ。ペンションは年月を経た床板や壁の風合いが良く、過剰な装飾はなくところどころに気の利《き》いた小さな絵やリースが飾られていて、いかにも綾が生まれ育った家という感じがした。あらためて考えてみれば僕はここにはじめて足を踏み入れたのだった――綾の夫に先導されて。吹き抜けのホールを抜けて、階段を上りながら、綾は今どうしているだろう、と、やっぱり僕は考えた。車の中で待っているはずだ。夫に促され車のほうへ向きを変える前に、僕に向かって他人行儀に小さく会釈した綾。

「夕食は六時からです。僕と妻が戻るのは四時半頃になりますが……それまでご用はありませんか」

部屋に着くと綾の夫はそう言った。大丈夫です、急なことで申し訳ありません、と僕は言った。

「産婦人科の予約をしているものですから……。彼女に運転させてひとりで行かせるのは、どうも心配で」

「おめでたなんですね。予定日はいつですか」

「七月です」

「楽しみですね。体に気をつけて、元気な子を産んでくださいと、綾さんにもお伝えください」

「ありがとうございます」

そのあとしばらく、綾の夫は薄い微笑みを浮かべたまま立っていた。それからようやく「のちほど」と会釈して部屋を出ていったが、何か奇妙な感じがあった。取り立てて愛想がいいというわけでもないが、感じが悪いところはどこにもない。だがあの男はどこかへんだ、と僕は感じる。

だがそれは僕の問題なのだろう。疚しさとそれの何倍もの嫉妬のせいだ。綾はあの男を選んだ。そして結婚した。毎日同じベッドで眠り、彼の子供を宿した……。今はきっと幸福の絶頂だろう。その幸福を翳《かげ》らせるものがあるとすれば、僕の存在に違いない。

僕は、自分の甘えた考えを呪った。今頃綾は……と思うとき、もう恋人がいるだろう、結婚しているかもしれないと考えながら、心のどこかで、いや、じつのところ心の大部分で、綾は僕を待っているはずだとうぬぼれていた。僕さえ行動を起こせば、僕が綾を求めれば、綾は応えてくれるだろうと。待っているわけがないじゃないか。出会ったときからはもう八年にもなる。僕は彼女からの電話にさえ出なかったのに。

僕がこのペンションにいる意味はない。だが、このあと黙っていなくなれば、夫に不審に思われるだろう。だから僕にできることは、「ちょっとした知り合い」の顔を崩さずに一泊し、明日早々に帰ることだ。滞在中、綾ともう少しは言葉を交わすことができるだろう。夫がそばにいてもいい。さっきは綾にほとんど何も言えなかった。おめでとうと言おう。幸せになってくださいと。

無意識に、僕は冷蔵庫を探していた。しかしその部屋にはなかった。部屋を出て、車に乗った。酒屋もしくは自動販売機を探さなければならない。冷たいビールと、あれば白ワインで、この腹の中のものを洗い流さなければ。そしてペンションでの夕食時、穏やかな平静な顔で綾とその夫に向き合わなければならない。

5
［十年前］

上里綾

康平くんのブログが昨日、荒らされたらしい。

「コメント欄になんかやたらリンクが貼ってあって。クリックすると、ぞっとするような画像が出てくるんですよ。どういう画像かは聞かないほうがいいですよ」

朝十時。私の運転で、駅に向かっている。ゴールデンウィーク中はずっとぐずついた天気だったのに、明けたとたんに快晴になった。

「そういうことやりそうな人、心当たりとかないの？」

「ないない。だいたい俺のブログ見てる人なんて、数えるほどですよ。大学の友だちもほとんど知らないし、山のこと書いてるから山友だちが何人か見てるくらいで……」

「リンクだけなの？　コメントはなかったの？」

「コメントも……なんか、変質的なのが延々と、なんで俺がそんなこと言われなきゃならないのか、マジわかんないんですけど」

「うわー、やだねえ。その、画像を貼られた日のブログには、何を書いたの?」

「ゴールデンウィークのバイト終了って。あ、そういえば、『ペンションかみさと』って名前出しちゃいました。料理は最高だしオーナーさんたちはやさしいしって書いたんですけど、まずかったかな……すみません」

私は一瞬、いたずら電話のことを思い出したが、康平くんには言わないことにした。気にするだろうから。それに、彼のブログを荒らした人とは無関係だろう。

「全然オーケーだよ。ほめてくれてありがとう。まさかうちの名前に反応したわけじゃないでしょ。だったらうちのホームページに書き込むはずだし。交通事故みたいなものじゃない? ストレス溜めてる人が、たまたま見つけたブログにいやがらせしてみたってことじゃない?」

「だといいんですけど。なんかあったら、連絡してくださいね。すぐ駆けつけますから」

「フフ、ありがとう」

康平くんは東京の大学生だが、登山が趣味で、うちが八ヶ岳に近いという理由で、去年の夏から繁忙期のアルバイトに来てくれている。いかにも山男という風貌で力仕事も難なくこなすが、性格はやさしくてよく気がつくので、私も母もすっかり頼りにしている。

駅前のロータリーに着き、ここでいいですよと康平くんは言ったけれど、十日分の荷物と登山の装備のほかに、母が持たせたお土産がどっさりあったので、それを持って駅構内までついていった。

「それじゃ、またね。しっかり勉強してね。彼女も作ってね」

「ははは。がんばります。お世話になりました」

荷物を全部身につけ、ヒマラヤのシェルパみたいな格好になってホームへの階段を登っていく彼を見送る。弟みたいに思っているが、二十歳という彼の年齢を考えると、それは私が涼さんに出会った歳だ、と考えずにはいられない。あれから六年が経った。二年前、涼さんがペンションを訪ねてきた日以来、彼には会っていないし、連絡もない。

車へ戻ろうとして、私の足は止まった。駅舎の出口近くに音村さんが立っているのが見えたからだ。昨日、別れたときと同じ格好をしている。こちらには気づいていない。どうして彼が今、ここにいるのかわからなかったが、気づかないふりをしたほうがいいだろうか、と一瞬、私は考えた。そのとき音村さんがこちらを見た。

「おはようございます」

私はぺこりと頭を下げた。音村さんはちょっと困ったような顔で手を振った。待っているようなので、私は彼のほうへ行った。

「どうしたんですか。忘れ物？」

私がそう聞いたのは、二日前に彼はうちのペンションに一泊していたからだ。同じ会社で働いているときには知らなかったけれど、音村さんはバードウォッチングが趣味だそうで、二年前から一年に二回くらい、うちに泊まりに来るようになった。昨日の朝、私は彼をこの駅まで車で送って、康平くんにそうしたようにホームへの階段を彼が登っていくのを見た。とくに聞いたわけではないけれど、ふつうに考えれば今日から東京の会社に出勤しているはずだった。

「昨日、途中で戻ったんだ。駅前のビジネスホテルに泊まってた」

音村さんは言いにくそうにそう言った。私は意味がわからず、曖昧に頷いた。

「ひと晩中、ずっと考えてたんだ。それで、やっぱりこのままじゃ帰れないと思って……。これから君のペンションに行こうと思ってたんだ。いや、君のペンションっていうか、君のところに」

私はドキッとした。音村さんの滞在中、母や康平くんから、音村さんがうちのペンションに来る理由について、私はときどきからかわれていた。

「こんなところで告白するつもりじゃなかったんだけど……」

と音村さんは言った。

今日は六月半ばの平日で、今日も明日も予約が入っていないから、ペンションは実質的に休業だ。でも、いつもの習慣で、私も母も早く起きてしまった。

「お天気が良くてよかったわね」

向かい合ってコーヒーを飲みながら、母が言う。それを言うのは今日、三回目だ。私より彼女のほうがそわそわしていて、私は恥ずかしくてたまらない。

母がちらりと壁の時計を見る。まだ来ないわよ、と私は呆れて言う。九時に音村さんが車で迎えに来ることになっているのだ。でも、まだ八時前だ。

「いたずら電話、かかってこなくなったよねえ」

母は話題を変えることにしたようだ。唐突には違いないが、そういわれれば以前このくらいの時間によくかかってきていた。いたずら電話というか無言電話。夜にもあった。母、私、どちらが出ても、じーっと黙って気配だけ発散している。こちらが切るまで切らない。夜にもあった。ペンション業務に携わっていない時間を狙ってかけてくるようでもあり、ここがペンションだって知ってる人じゃないかね、と母は言っていた。私が考えていたのは涼さんのことだった。もちろん彼は、無言電話をかけてくるなんて陰湿なことをする人ではないけれど、たとえ陰湿な行為でも、私のことが忘れられなくてそうしているならいいのに、とちょっと考えてしまったのだ。実際に私は何度か、無言電話を受けたときに「涼さん？」と聞いてしまった。そのときだけ電話は、向こうから切れた。

「意外と音村さんだったりして」

私は茶化した。偶然に決まっているが、無言電話がかかってこなくなったのは、私が音村さんと付き合いはじめた頃だったから。

「何言ってるのよ。失礼でしょ」

母は自分のことを言われたように私を叱る。音村さんは母の心をすっかり摑んでしまった。「結婚を前提にお付き合いしています」と彼は母に伝え、結婚したら会社を辞めてこの地で暮らしたい、とまで言った。私はびっくりし、母は舞い上がっているというわけだった。

「今頃だと温泉の食事は何が出るかねえ」

また話がそちらへ行ったので、私はたまらず席を立った。

「あっちは暑いかも。ちょっと着替えてくる」

バタバタと自室へ逃げ込む。着替えるといったって、Tシャツの上に羽織ったネルシャツを薄手のシャツに替えただけだから、一分もかからなかった。ベッドに座る。一瞬、このまま横になって眠ってしまいたい気がした。

今日はデートだ。これまで、音村さんがこちらへ来たときに、一緒に短時間出かけたことは何度かあった。今日ははじめて遠出することになっている。南信の温泉宿に一泊する。その計画について、音村さんはわざわざ母に了解を求めた。

音村さんとはまだキスもしていない。でも今夜、温泉旅館で部屋が別々ということはありえない。私にとって男の人とそうなるのは専門学校時代に陽介と付き合っていたとき以来だ。そのことを、自分が望んでいるのかいないのか、私にはよくわからない。

音村さんを好きだと思う。会社での仕事ぶりと同じく、やるべきことを着々と正確にこなしていくような人だ。悩んだり間違ったり決してしない感じがする。だから一緒にいれば私も、悩んだり間違ったりしないですむかもしれない。それは良いことに思える。これまで私は、悩んだり間違ったりしてばかりだったから。音村さんは、私を好きだと言ってくれた。会社にいるときからずっと好きだったと。そしてほとんど週末ごとにこちらへ来て、ペンションに泊まり、私の時間が空いているときに一緒に散歩したり、お茶を飲んだりするようになった。平日の夜には毎日電話をくれた。私からもときどき電話をした。勤務時間中には遠慮したけれど、音村さんは独り暮らしだったから、自宅にいる時間であればいつでもかけたいときにかけることができた。そんなことが嬉しかった。

それなのに私は今、スマートフォンを操作して、涼さんの番号を呼び出していた。東京にいるときでさえ、こちらからは絶対にかけなかった番号に、はっきりと「さよなら」を言い交わして二年が経った今、連絡しようとしていた。どうして？　私は自分に聞く。もう繋がらない可能性だってあるのに。繋がったとして、何を言うつもりなの？　今夜、私はあなたじゃない男の人と寝る、そのことをどう思う？　と聞くつもりなの？

ガラケーのときのまま「涼さん」という名前で登録されている。画面にあらわれたその名前の上に私は触れた。それだけで、電話はすぐに発信された。そんなことは知っていたのに、知らないふりをして触れたのだ。まだ間に合う、まだ切ることはできると思いながら、私はスマートフォンを耳に当て、痛いほどドキドキしながら、呼び出し音を数えた。

電話が繋がった。応答はない。でも、そこに誰かがいることはわかる――無言電話のときみたいに。

「涼さん」

と私は囁いた。答えはない。息遣いだけが聞こえる。

「涼さん」

ともう一度、さっきより大きな声で言った。電話はプツリと切れた。階下から不安げな母の声に呼ばれるまで、私はじっとスマートフォンを見つめていた。


棚田に張られた水に、夕焼けが照り映えている。

小さく区切られた田んぼが緩やかな山の斜面を埋めているこの辺りは、景観の美しさで有名だが、私は訪れるのははじめてだった。

「きれいだねえ」

ため息とともにそう言うと、

「よかった」

と音村さんは頷いた。今回の旅は音村さんが全部計画してくれた。今夜泊まる宿にチェックインしたあと、この場所で夕焼けを見るためにあらためて出かけてきていた。もうすぐ梅雨入りなのに、一日中天気がよかったことも、こんなに見事に夕焼けたのも、彼がいろんなところに根回しして誂《あつら》えたことみたいに思えた。音村さんというのはそんなふうに思える人で、それはいいところだ、と私は自分に言った。

「会社を辞めたら……」

と彼は言った。これまでに聞かされた移住計画について、あらためて彼は話すのだろうと私は思った。「ペンションかみさと」の近くに家を探す。車で通勤できる距離で仕事を探す。すでにいくつか目星をつけてあるし、伝手《つて》もある。これまでに彼から聞いていたのはそういう話だった。

「僕もペンションの仕事を手伝おうかと思うんだ。料理は無理でも、ほかのことは努力するよ。企画や広報の面でも、役に立てると思う。僕がいれば繁忙期に人を雇わなくてもいいから、人件費も浮くだろう？」

私はびっくりした。音村さんがそんなことを望んでいるなんて考えもしていなかった。

「どうかな？　収入面で不安があるなら、在宅でできる仕事を探してもいいし……」

「母は喜ぶわ、きっと」

「綾は？」

「うん……私も」

「結婚してくれるかな？」

私は頷いた。これがプロポーズのための旅であることは察していた。音村さんが私を抱き寄せた。そして私の顔を上向かせたから、私は目を閉じた。夕陽に染まった空は見えなくなり、私は涼さんのことを考えるのをやめた。

祥川涼

ギャラリーのドアを開ける前の一瞬、僕はどうしようもなく期待してしまう。ドアを開ければ、おかっぱの娘が振り返るのではないかと。ここで綾と出会った。六年前だ。地下への狭い階段を降りるとき、その先にそんな出会いが待ちかまえているなんて想像もしなかった。そして綾とともに小一時間過ごしたあと、ひとりでこの階段を上がったのだが、そのとき胸の中に小さな生きものを隠し持っているような――ふわふわしたやわらかさと、あたたかさを感じていたのを覚えている。

「やあ」

とギャラリーオーナーの稲田氏が気の毒そうに僕を見る。もちろん綾はいない。今頃は八ヶ岳の麓で彼女らしく暮らしているだろう。東京よりも、あちらの風景のほうが彼女には似合う。もう恋人ができたかもしれない。結婚したかもしれない。

「……話はわかったよ、こっちからも聞いてみようと思ってた。わざわざ来てもらって悪かったな、大変なときなのに」

いつも僕がここへ来ると、時間帯にかかわらず稲田氏はとっておきのワインを出してくれるが、今日は長居できないと言ってあるので、コーヒーだった。挽《ひ》きたての、久しぶりに飲む旨いコーヒーだ。僕は今日、来月に予定していた個展の開催をキャンセルさせてほしいと言いに来た。

「こっちのことは気にしなくていいから。路子さんについていてあげなさいよ」

「すみません」

「仕事、再開できるようになったら、連絡してよ」

稲田氏はそう言ってから、気まずそうな顔になった。僕の仕事が再開できるときが来るとしたら、それは路子の闘病が終わったときに違いないからだ。

僕は再度彼に詫びて、ギャラリーを出、階段を上がっていった。僕の中に、やわらかくてあたたかいものはもうなかった。しばらく前から僕を包み込んでいた黒い湿った綿のようなものが、今は黒いゴツゴツした石になって、僕の体を重くし、僕を痛めつけていた。

病院のエレベーターの扉が開くと、その前を男性看護師が小走りに通り過ぎるのが見えた。ホールに出ると辺りがざわついているのがわかった。いやな予感しかない。廊下を歩き出すと、後ろからやはり走ってきた女性看護師が僕に気づいて「祥川さんっ」と大きな声を上げた。

「どこ行ってたんですか、奥さんが探してます」

彼女はかなり気を遣った言いかたをしているのだと、そのときすでにわかっていた。僕も小走りになり、廊下を半分ほど進んだところで、誰かが路子の病室のドアを開けたのだろう、ギャーッという路子の声が耳に届いた。僕は駆けた。病院の廊下を駆けるのにそぐわない勢いだったが、看護師は注意しなかった。

「あなたーっ、あなたーっ」

ものすごい声だった。声量もそうだが、声質が、なにか人間のものではないような、いっそ生きものが発するものではない音のような。野次馬的に廊下に出てきている入院患者たちや、ドア付近の看護師たちを押しのけて、僕は路子の病室の中に入った。問題行動が多いので、最初の入院の途中から大部屋という選択肢はなくなった。差額の支払いは、今ほとんど仕事ができない僕にとって正直かなりきびしい。

「あーなーたーっ」

「路子。どうしたんだ」

ベッドに駆け寄ると、痩せたせいで異様に大きく見える目で、路子はギロリと僕を見た。

抗がん剤の影響でほとんど髪が抜けてしまったので、濃いピンクのボンネットみたいなものを被っている。路子の指示で、僕がネットで買ったものだ。

点滴の管がついた枝のような腕がいきなり振り上げられて、僕の顔を叩こうとして左右に揺れた。横たわったままなので届かず、路子は苛立って「アーッ！」とまた声を上げた。

「捨てるんでしょう、捨てるんでしょう」

この頃、路子はなにかとそう言う。ある意味、普段の妻に戻ったので、自分でも笑いたくなるが、僕は少し安堵する。

「捨てないよ、稲田さんのところへ行ってたんだよ、言ったじゃないか」

個展なんてやらないわよね、私のそばにいてくれるわよねと言い出したのは路子だった。

「捨てたいと思ってるんでしょう、知ってるわよ」

「いなかったのは悪かったよ、でも捨てたいなんて思ってないよ」

「赤ちゃんを殺したくせに。赤ちゃんを殺したくせに」

「殺してないよ」

いつものやり取りだった。僕が消耗して短い言葉しか返せなくなると、路子はそのことに怯《おび》える様子になって、黙り込む。僕から捨てられることを本気で心配しているのだ。そう思うと不憫《ふびん》になる。

「赤ちゃんを殺したのはあなたじゃないのよね」

「うん、僕じゃない」

「足を揉《も》んでくれる？　すごくだるいの。あと、ボルシチが食べたい。銀座のＲで食べたの、覚えてる？　あれが食べたい。あれなら食べられるような気がするのよ」

「わかった。なんとかしてみるよ」

僕は路子の足元に折りたたみ椅子を移動させ、掛布の中に手を入れて妻の足を揉んだ。堪え難いだるさというのは末期癌の症状のひとつらしい。毎日、求められるだけ揉んでやっているので、僕の手は腱鞘炎《けんしょうえん》ぎみになっている。

三十分ほどしてようやく路子は寝入った。しばらくは目を覚まさないでいてくれることを祈りつつ、僕は洗面室へ入った。生理的欲求のためではなく、一時でも病室から離れたくて。それに看護師たちから気の毒そうに盗み見られることも避けたかった。僕は今、一日のほとんどの時間を病室で過ごしている。夜になって僕が帰ろうとすると、さっきのようなヒステリーを起こすので、個室ということもあり簡易ベッドで付き添うことを許可されている。路子に言われなくても、個展の開催など到底無理で、本の装丁に使う絵や挿絵の依頼も断っている状況だった。

洗面室を出た僕を看護師が待っていて、カンファレンス室で医者と話した。僕にはほぼ予想がついていたことだが、路子の状態はもう打つ手がないところに来ているので、緩和ケアへの移行を考えてはどうか、ということだった。モルヒネを入れれば疼痛《とうつう》がコントロールできるし、奥さんが眠っている時間は多くなります、と医者は言った。路子のためというより僕のための提案のようにも思えた。緩和ケアは、今の病室に入院したまま受けられますかと僕は聞いた。担当スタッフが違うので病棟を移る必要があるとのことだった。だとするとたぶん無理です、と僕は言った。緩和ケアが「打つ手がない」患者に適用されるものだということを路子は知っている。その事実を妻は受け入れないだろう。妻はまだ生きようとしている。その手立てを僕がなんとかしてくれると思っている。

妻の病気がわかったのは二年前だった。

妊娠四ヶ月の頃だ。

がんは妊娠する前から発生していたらしい。路子の母親が同じ病気で、僕らが結婚したすぐあとに亡くなっていた。症状もあったはずなのに路子は放置していた。そしてさらに強い症状が出るようになると、妊娠したせいだと自分に言い聞かせていたようだ。結果、大量出血して救急車で病院に運ばれることになった。

緊急で開腹手術が行われ、その際に妊娠の継続もあきらめなければならなくなった。路子は麻酔で眠っていたし、義父もまだ病院に来ていなかったから、承諾したのは僕だった。ほかに方法はなかったから承諾するしかなかったのだが、路子は納得せず、僕が子供を殺したといって責め続けている。そして僕が抗弁を放棄して、ただ妻を宥《なだ》め続けるしかないのは、あの日医者に向かって頷いたとき、僕は心のどこかで、子供が生まれなくなったことに安堵してしまったせいかもしれない。

路子は緩和ケア病棟には移らなかった。かわりに家に戻ってきた。それが本人の強い希望だったからだ。病院に閉じ込められているせいで具合が悪いんだ、家に帰れば良くなる、と路子は言い張った。実際のところ本人も長くないことはわかっていて、最後を家で過ごしたかったのかもしれない。そしてこれまで以上に僕を束縛し、僕の愛情を試すという目的もあったのかもしれない。最終的には路子は疼痛に耐えられなくなり、訪問看護師から点滴によってモルヒネを投与されることを受け入れた。医者が言った通り眠っている時間が増え、目覚めているときも意識が混濁するようになったが、ときどき、稲妻のように明瞭になる瞬間もあった。

「ごめんね」

点滴の薬剤とベッドの傍らに置いてあるおまるのせいで、病室と同じかそれ以上に濃い臭いが充満した僕らの寝室で、ある日路子はそう言った。

「路子が謝ることなんか何もないよ」

と僕は、ベッドの足元で彼女の脚を揉みながら言った。

「あなたが作った食べものは、全部こっそり捨ててたのよ。毒を入れてるのを知ってたから。いつまでたっても死なないから、おかしいと思ってたでしょう。ごめんね」

「何を言ってるんだ。毒なんか入れてないよ」

もちろんそれは本当のことだった。僕は毒など入れていない。しかしそのとき僕は、自分が必死で言い繕《つくろ》っているような気分になっていたのだった。

「ずうっとあなた、私が死ねばいいと思ってたのよね。ごめんね。さすがに気の毒になったから、毒を飲むことにしたの。もうすぐだからね。よかったね」

僕はもう何も言えなかった。君は間違っている、死ねばいいなんて思っていなかった。抗弁は僕の中から声になって外に出ていかなかった。路子は、突然そこにだけ生気が灯ったかのようなギラギラした目で僕を見ていた。妻は今、正気なのだろうか、それともこれは譫言《うわごと》だろうか？　譫言だとしても、妻が長年感知していた――しかし病室でのヒステリーのときでさえ口に出さずにいたことが、今、モルヒネでタガが外されて零《こぼ》れ出たのかもしれない。

僕のスマートフォンが鳴り出したのはそのときだった。タイミング的にぎょっとなり、取り出してみると、綾からだったのでさらに血の気が引いた。そう――血の気が引いたのだ、まるで路子が、綾に念を送ってそうさせたような気がしたから。

「出たら？」

と路子が言った。その表情は、僕の妄想を裏付けているように思えた。僕は応答ボタンを押した。

「涼さん？」

綾の声が聞こえた。二年ぶりに聞く声だ。しかし懐かしさより恐怖が勝った。僕は思わず路子の顔を見てしまった。路子はあいかわらずギラギラした目で僕を見ていたが、その口元には笑いが浮かんでいるように見えた。

「涼さん！」

さっきよりも大きな声で綾が言った。今にも、さらに大きな声で路子に聞こえる言葉を、路子に決して聞かせてはならない言葉を綾が叫びそうで、僕は電話を切った。

「間違い電話だったよ」

僕は路子に言った。

「ウフフ」

と妻は笑った。それは僕が見た、妻の最後の笑顔だった。


それから九日後に路子は死んだ。

彼女の実家に近い葬祭場で、通夜と葬儀を行った。

弔問客は少なかった。義父をはじめ、路子側の何人かの親戚、路子がほんのしばらくの間パートで働いていた店の同僚だった人、秋田から出てきた僕の両親と妹、稲田氏、編集者が数人。

路子ではなく僕の関係者のほうが多いくらいだった。知らせるべき人が、ほとんど思い当たらなかった。結婚以来、路子の世界にはほとんど僕だけしかいなかったのかもしれない。

火葬場で、義父と親戚たちが乗ったタクシーを見送ると、僕はひとりになった。母親が亡くなって以来、路子は実家とも距離を置いていたから、僕もほとんどかかわりがなかった。たぶんこのまま付き合いは途絶えるのだろう。僕の手には路子の遺骨を収めた箱があった。今、僕は自由だった。それは事実に思えた。だがその自由は、路子と一緒にいたとき僕がずっと夢想していたものとはどうしようもなく違う感じがした。

僕は空を仰いだ。このところずっと、梅雨入り前の曖昧な天気が続いている。自分の祖父母や、早逝した友人を見送るために火葬場まで来たことがこれまで何度かあったが、ここで見上げる空はいつも薄曇りであるような気がする。薄白い、何もない空。動かない空。それは今の自分の心であるようにも思えた。

6

「十二年前」

上里綾

待ち合わせした野外舞台に、涼さんは今日もやっぱり先に来ていた。

舞台の端にぽつんと座っていた。観客席の石のベンチにはぱらぱらと人がいたから、涼さんはパフォーマーで、詩の朗読でもしているみたいだった。私が手を振ると彼も気づいて、微笑んだ。私は彼の顔を見ながら、ゆっくり近づいていった。今日は彼に言わなければならないことがあった。それまでの時間を、少しでも引き延ばすように。

「かわいいね、それ」

涼さんは舞台の上からポンと飛び降りると、私の帽子を褒めてくれた。自分で編んだ、緑色の毛糸のベレー帽。涼さんにマフラーを編んだりしてみたいけどそれはできないから、自分用に編んだのだ。

「ボートに乗ろうか」

「はじめてだね」

私たちは橋を渡ってボート乗り場へ向かった。日曜日の午後三時だったが、寒い日だったせいか並ばずに乗れた。涼さんがオールを取り、漕ぎ出していく。グレイ系のツイードヤーンの暖かそうなセーターに、薄く中綿が入った黒のコート。オールを持つ素手がつめたそうだ。私はピー・コートのポケットからミトンを出した。

「これ、使って」

「僕がはめたら、伸びちゃうよ」

「伸びてもいいいよ」

「だめだよ」

でも涼さんは、私の赤いミトンを受け取ってくれた。指の先だけそれに入れて、あらためてオールを握った。へんなの、と私が笑うと、へんだな、と涼さんも笑った。

「でも、あったかいよ、ありがとう」

細長い池を、ボートはゆっくり進む。ときどきほかのボートとすれ違う。どのボートにもカップルが乗っている。たいていは、私か私よりも年下くらいのふたり。幸せなのかな、と考える。今の私みたいに悲しい気持ちで乗っている人もいるのかな、と。

この池でボートに乗ったカップルは別れてしまう、という都市伝説(?)がある。だから私は、これまで何度、ここで涼さんと会っても、ボートに乗ろうとは言わなかった。今、ボートに乗っているほかのカップルたちは知っているのだろうか。知っていても平気なくらい幸せなのだろうか。別れ話をするために、ボートに乗った人たちもいるのだろうか。涼さんは伝説のことを知っているのだろうか。

私と涼さんの関係は変わってきていた。二年前の、涼さんの個展のオープニングパーティのときのことがきっかけだった。あのことがあって、私は涼さんの気持ちがたしかめられたと思っていた。でも実際には、あれ以来涼さんは、私によそよそしくなった。あいかわらずやさしいけれど、やさしくしようと努力しているのがわかってしまう。連絡は間遠になり、こうしてたまに会っても、以前にはなかった距離をお互いに感じるだけの時間になってしまう。

涼さんは、後悔しているのだろう。私はそう考えるようになった。あのギャラリーの洗面室でのことは、彼にとって「間違い」だったのだ。あのとき涼さんは、私がずっと聞きたかったことは言ってくれなかった。慌てたように私から体を離し、ただ「ごめん」とだけ言ったのだった。

「綾」

と涼さんが私を呼んだ。最初は私を「上里さん」と、間もなく「綾さん」と呼んでいた涼さんが、初めて「綾」と呼んでくれたのは、知り合ってから半年ほど経った頃だった。

「話さなくちゃならないことがあるんだ」

私は返事ができずに、ただ涼さんを見つめた。やっぱり彼は、この池の伝説を知っていたのかもしれないと思った。でも、涼さんの口から出たのは、私がまったく予想していなかった言葉だった。

「路子が——妻が、妊娠したんだ」

私は、棚の上の日めくりカレンダーをめくる。今日から十二月になる。カレンダーは、私が作った手書きのもの。毎年作って、暮れに帰省したときに両親に渡していた。

カレンダーの横には小さな写真立てがあって、そこには父の写真が入っている。父は先月亡くなった——私が井の頭公園で涼さんとボートに乗った日の、少し前に。倒れて、あっという間に逝ってしまった。家族もたぶん本人も気づいていなかったが、心臓が悪くなっていたらしい。私は父の死に目に会えなかった。

棚の下には大きな薪ストーブがある。私が東京へ行く少し前に買い替えた、この家で二台目のストーブ。扉を開け、焚付けを入れて火を熾す。父がいるときから、薪ストーブを焚くのは私がいちばん上手だった——父からおだてられて、極寒の冬の朝に誰よりも早く起きて焚きつける羽目になったけれど。薪ストーブは日中ずっと焚いていれば、余熱が朝まで残っているが、十二月はじめの今は、それでももう、十分に寒い。

私が三歳のとき、両親はこの地に移住し、ペンションを営んできた。父の急逝後、休業していたが、明日から営業を再開することになっている。明日入っている予約はひと組だけれど、スキーシーズンに入ればもっと増えるだろう。私は二日前に東京のアパートを引き払ってここに戻ってきた。父の代わりに母を助けて働くつもりだ。

悩んだ末に、そのことを決めた。母だけではペンションをきりもりできない。私はひとり娘だ。私が戻って、手伝うしかないだろうと。親戚の人たちや近所の人たちは、母からそれを聞いて、私に会うたびに感心してみせる。親孝行な娘だね、東京からよく戻ってきてくれたね、と。でも、正直に言えば、私が考えていたのは自分のことばかりだった。

結局、私は逃げ出すことにしたのだ。涼さんがいる東京から。涼さんを想い続けて苦しむことから。ただの年の離れた友人として、妹みたいに涼さんの前でふるまい続けるのはもう無理だった。無理だということは、涼さんに伝わってしまうだろう。そして彼は私を疎《うと》むだろう。

私はそう考えて、東京を離れる決心をした。でも、考える必要なんかなかった。涼さんとの別れはもうとっくに決まっていたのだから。井の頭公園に行ったとき――ボートに乗ったときでさえ、私は心のどこかで期待していた。長野に帰ることを告げたら、涼さんは引き止めてくれるのではないかと。ばかみたいだ。涼さんはあの日、彼が父親になったことを知らせに来たのに。

おめでとうございます。私はどうにかそう言った。ありがとう。涼さんは答えた。それからふたりともしばらくの間黙っていた。「だからもう会えなくなる」とか「会わないほうがいいと思う」とか、今にも彼が言い出しそうでこわかった。それで私は言った、「私も、話すことがあるんだ」と。長野に戻ることを言うと、涼さんは少し驚いた様子だったけれど、引き止めはしなかった。「それがいいね」と言った。

ボートを降りると、そこで私たちは別れた。私が「じゃあ、ここで」と言うと、涼さんは「うん」と頷いた。ハグも、特別な言葉もなかった。私が東京を離れる日がいつなのか、私は言わなかったし、彼も聞かなかった。ただ、涼さんは、いつもなら別れ際に必ず「またね」と言うのに、この日は言わなかった。それでも私は二日前の引っ越しの当日まで、今にも彼からの連絡があるんじゃないか、私を引き止めてくれるんじゃないかと待っていた。やっぱり、私はばかだ。

炎が安定してきた。太い薪を一本足して、私はストーブの扉を閉めた。母が起き出した気配がある。厨房へ行ってコーヒーを淹れておこう。十代のときと同じ朝だ。結局私はここへ戻ってきた。

朝食をすませると、母は明日から客に出す食事の仕込みにとりかかり、私は明日まではもうあまり仕事がないので、自分の部屋へ戻って、東京から宅配便で送った私物を整理することにした。

午前十時を過ぎた頃だった。呼び鈴が鳴った。今日は客は来ないはずだし、近所の人なら呼び鈴は鳴らさずいきなりドアを開けて声をかけるから、誰だろう、と私は思った。

母が応対する声がした。それから母は「綾ちゃーん」と私を呼んだ。その声がいくらか戸惑っているように聞こえて、私は不審に思いながら階段を降りた。本当に、まったく考えていなかった——そこに涼さんが立っているなんて。

「白樺湖にでもお連れしたら？」

と母が言ったから私は苦笑した。ようするに、「この辺りをうろうろしてくれるな」ということなのだ。東京から戻ってきた娘が、東京からやってきた男とふたりで歩いているというだけで、この辺りでは大事件になってしまうから。

涼さんは車で来ていた。黒いカローラ。私たちはそれに乗った。涼さんの車を見たのも、一緒に車に乗るのもはじめてだった。助手席に乗ると、彼の匂いがした。エレベーターに乗ったときなんかにほのかに感じて、覚えた匂い。でもほかの匂いも混じっていた。もちろんこの助手席には彼の奥さんも乗るのだろう。彼女を乗せて、涼さんは産婦人科がある病院へ通ったりもしているのだろう。

母に、涼さんは自分のことを「綾さんの東京の知人」と自己紹介したそうだ。「仕事で近くまで来たので、ちょっと寄ってみた」と。「朝っぱらだし、お母さん、すごく怪しげな顔されてたよ」と涼さんが笑うから私も笑った。

「こっちには昨日、来たの？」

「いや」

「え？　じゃあ東京からここにまっすぐ来たの？」

「そうだよ」

つまり朝早く家を出てきたのだ、と私が考えていると、

「昨日、綾の夢を見たんだ。そうしたらもうどうしてもがまんできなくなって、来ちまった」

と涼さんは言った。私はドキドキしながら、その言葉の意味を考えた。

涼さんはハンドルを切り、交差点を右折する。白樺湖には向かっていない。「僕が大好きな場所に行きたい」と彼が言ったからだ。二年前、私はこの地の「私が大好きな場所」をいくつも涼さんに教えた。一緒に行くことはできなかったけれど、カレンダーはもらった。涼さんがそれらの場所を訪れて描いた絵で、四季が綴られているそれを、私は今も大切に持っている。

「あれ、間違ったかな」

と涼さんが呟く。大丈夫、まっすぐでいいよ、と私は言った。

「どこに行こうとしてるか、もうわかった？」

「うん。涼さん、よく道を覚えてるね」

「自分でも不思議なんだよ。一度しか走ってないのに、高速降りてすぐ、記憶がよみがえったって言うか。自分の故郷《ふるさと》みたいな気がするんだよなあ」

橋の少し手前で、涼さんは車を停めた。そこから橋まで歩いていく。大きな長い橋で、橋の下には緩やかな傾斜の棚田が広がっている。私が大好きな場所。今日、涼さんと一緒に来たことで、きっといちばん大好きな場所になる。

私たちは欄干に乗り出して棚田を眺めた。刈り入れはとっくに終わっていて、土と枯れた稲の根元が褪せた褐色の景色を作っている。水田の頃や、黄金色の稲穂がそよいでいる頃だったらよかったのに。

「さびしいときに来ちゃったね」

私が思わず呟くと、

「そうだなあ」

と涼さんも言った。なんか、季節のこととか考えてなかった。青々してるのを思い浮かべてたよ、二年前に来たときがそうだったから。独り言みたいに涼さんは言った。

欄干を握っている私の左手の上に、涼さんの手が重なった。体温が高い、大きな手だった。私はドキッとして彼を見上げた。

「綾のことがすごく好きだ」

涼さんも私を見た。悲しそうな顔をしていた。

「ずっと好きだった。妹みたいにでも友だちとしてでもなくて……綾に恋をしていた。愛してるんだよ、綾。こんなおっさんが十四も歳が離れた娘《こ》にこんな告白するなんて、自分でもどうかしてると思うけど」

「私、もう二十四だよ」

私は目眩《めまい》がするような気持ちの中で、どうにかその言葉を返した。あと六年で三十歳だよ、と続けると、涼さんは笑った。そのときには僕は四十四だ、と。

「そんなの全然かまわない」

「でも、六年後には、僕の子供は六歳だ」

自分の体が揺れるような気がした。涼さんの言葉が突風になったみたいに。

「ごめんな、綾。どうしようもないんだ。僕は妻と別れられない。それなのに押しかけてきて、好きだとか、愛してるとか……身勝手だよな」

「身勝手じゃないよ。私も好き。大好き。ずっと好きだった」

私の手の上に被さっていた涼さんの手に力が入って、私は彼のほうに引き寄せられた。私は彼の胸にすっぽり入った。涼さんは私を強く抱きしめた——ギャラリーのときよりもずっと強く。私はカゴの中から逃れるように体を動かして、顔を上げ、涼さんの唇を求めた。

私たちはキスをした。はじめてのキスだ。でもこれがきっと最後のキスになるのだろう。

涼さんは私を、ペンション村の入口まで送ってくれた。家の前まで行くと母が出てくるかもしれないから。

彼と別れるとき、誰にもじゃまされたくなかった。でも、短い別れだった。口にできる言葉はかぎられていたし、聞きたくない言葉が多すぎた。また連絡してもいい？　また会える？　それらの言葉はもう言えなかった。もう会えないの？　これきりなの？　と聞くべきだったのかもしれない。でも、その答えを聞きたくなかった。

「さよなら」

結局私はそう言っただけだった。

「さよなら、綾」

と涼さんが言った。私たちは一瞬だけ見つめ合い、私は助手席のドアを開けた。ドアを閉めるときはもう彼の顔を見なかった。振り返らずに歩き出した。

私は膝にスローケットを巻きつけて、ベッドにぼんやり座っていた。

母とふたりの夕食を終え、自分の部屋に戻ってきた。母から涼さんについてあれこれ聞かれなかったのはありがたかった——聞きづらい雰囲気を私が発していたせいに違いないけれど。

部屋は、子供の頃から使っている六畳間だ。勉強机も本棚もベッドも、高校生のときのままだ。今夜、母は少し寂しそうだった、と私は思う。明日からはもっと話をしよう。ペンションの仕事のことや、近所の噂話なんかを。私はここで生きていく。涼さんのことは、もう忘れる。

スローケットを巻きつけたまま、勉強机へ移動した。机の前の壁には色紙が一枚、立てかけてある。これは東京から持ってきたもの。会社を辞めるときに、同期の仲間や同じ課の人たちが寄せ書きしてくれたものだ。

「長野でもガンバッテ!」「いつかペンションに遊びに行きます」「また会う日まで」……親しかった人もそれほどでもなかった人も、ひと言ずつ書いてくれている。「さびしいよ!バカ!」と書いているのは茉里《まり》で、「綾にイイコトが起きますように」と書いているのが淳子だ。ハートの絵が添えられている。同じ課でも同期でもないのに、なぜか音村さんの寄せ書きもあるのは、茉里が頼んだためらしい。でも彼の寄せ書きはすみっこに小さな文字で「元気で。音村」とそっけない。茉里と淳子は「絶対アプローチあるよ」と言っていたし、私もいくらかは期待というか、そういう予感があったのだけれど、出社の最終日にも東京を離れる日にも、音村さんは何も言ってこなかった。職場で彼が何かと近くにいるような気がしたのは、たんに彼は、自分の仕事の差し障りになるような私のミスを未然に防ごうとしていた、ということだったのかもしれない。

机の上には雑記帳が広げてある。引越しのスケジュールや持っていくもの、置いていくものなどのメモを記していたが、ページをめくると、会社の人たちの素描があらわれる。退職するときに何人かの似顔絵を描いてプレゼントしたのだが、その下書きだ。社内報や課内に貼る注意書きやお知らせなどに、頼まれてちょっとした絵を描いていたのを、気に入ってくれている人たちがいたから（音村さんの絵は描かなかった）。

私は新しいページを出して、そこに涼さんの顔を描いた。何かを口に出す前に、頭の中で正確に組み立てているかのように、宙を見つめている彼。私が話すのを興味深そうに聞いている彼。笑っている彼——私のほうを見ながら。私をじっと見つめている彼。

空想ではない、と私は思った。涼さんのどの顔も私は知っている。四年前に出会ったときから、ずっと知っていたのだ。愛している、と涼さんは言ってくれた。私も愛している。

祥川涼

路子は、五センチ大のボンボンが無数についたピンク色のニットのワンピースを着ていた。足首までの丈があり、何か奇妙な、べつの星の生き物みたいに見えた。それが彼女の目的だったのかもしれない。はじめて見る服だったから、このときのために買ったのかもしれない。

「あなたの子供よ」

妊娠したことを告げた後、妻はそう言ってニッコリ笑った。妊娠した妻が夫に向かってそんな科白《せりふ》を吐くのは異常なことだとは思っていないようだった。それを宣言したことで、コンビニの男と——あるいは、彼以外の男とも——自分が寝たことを宣言したようなものだった。僕が知っていることに、路子は気づいていたんだな、と僕は思った。気づかれてもかまわないと思って行動していたのだろう。

「たしかなの？」

妄想であってくれと願いながら僕は聞いた。路子は後ろで組んでいた手を前にして、母子手帳を見せた。

「そうか。じゃあ、体に気をつけないとね」

僕はどうにかそう言った。路子が微笑みを湛《たた》えたまま近づいてきた。僕の胸に顔を押しつけ、腕を巻きつけてくる。僕が突っ立っていると、顔を上げて僕を見た。葡萄《ぶどう》色にこってりと塗られた唇がぽかりと開く。

「よかったね、って言ってくれないの？」

「ごめん。よかった。おめでとう」

ぐいぐいと押しつけられる体に僕は腕を回した。あいかわらず、人間の女ではなく得体の知れない生きものを抱いているようで、手がぬるぬるするような気がした。この生きものが子供を産む。僕はそれの父親になるのだ、と思った。

実際のところ、僕の子供である可能性もあった。路子がほかの男と寝たことを知って以来――有《あ》り体《てい》に言えば、それより前からその傾向はあったが――僕は妻に触れたくなくなっていたが、これ以上ほかの男と寝させないためには僕がセックスするしかなかった。それは最低のセックスだった。妻にも僕自身にも、それに綾に対しても冒瀆《ぼうとく》的な行為だった。僕はできるかぎり目を閉じて、綾を思い浮かべながら、妻を抱いていたのだから。


井の頭公園で綾と別れた帰り道、携帯電話が鳴り出した。

綾かもしれない。僕は自転車を止め、携帯電話をたしかめた。もう二度と会わないと決めて別れを告げてきたばかりなのに、綾からであることをくるおしく期待しながら。しかし表示されている名前は「稲田」だった。西荻窪のギャラリーのオーナーだ。今、また個展の企画が進んでいるが、綾と出会ったギャラリーでもある。綾にかかわることかもしれない、と僕は無駄な期待をやめなかった。僕と綾があれからふたりで会うようになったことすら、稲田氏は知らないのに。いや、稲田氏だけじゃない、誰も知らないだろう、僕と綾との関係は。「関係」と言ったって僕らの間には何も起きなかったが、それでも僕にとっては人生で一番大事な繋がりだった、でもそのことは誰にも知られないまま、繋がりは消えてしまった。

「どうしたんだよ、大丈夫？」

と稲田氏が開口一番言ったのは、応対する僕の口調が沈んでいたせいだと思った。

「どういうことなんだ？　病気か？　話してくれよ」

しかし稲田氏はそう続けた。どういうことだってどういうことだ、病気って何のことだ、と僕は聞いた。

「路子さんから電話があったんだよ、君がしばらくの間、制作をやめるって。だから次の個展もキャンセルさせてくれって。いくら聞いても理由を教えてくれないんだ、個人的なことだからって。休ませたいから連絡もしてくれるなと言ったけど、心配だから電話したんだよ」

僕は絶句するしかなかった。とうとうこういうことが起きた、と思った。同時に、路子の考えを察することもできた。子供が生まれるまでは——もしかしたら、子供が生まれて以後も——彼女とお腹の子に集中してほしいと僕に望んでいるのだろう。親子三人で暮らしていくためには金が必要で、金を得るには、僕が制作しなければならない、という自明のことをわからないか、わからないふりをしている女なのだ。僕の仕事が認められ仕事量が増えてきた頃から、彼女が僕の仕事を、もうひとりの妻のように疎むようになったことに僕は気がついていた。

「個展はやります。妻はちょっと不安定になってるんです。妊娠したので……」

僕はそう説明した。稲田氏は少し戸惑いながらも、それはおめでとう、と言った。妻には僕からよく言っておくから心配ないこと、個展に関しては予定通りに準備を進めていることをあらためて強調し、僕は電話を切った。

僕は自分が、水を含んだ綿のような、重くて真っ黒なものに押し包まれて生きていることを感じた。

路子が妊娠したことを、僕は稲田氏に告げてしまった。綾以外に、僕がそのことをあかしたのは稲田氏がはじめてだったが、もちろん秘密にすることなどできやしない。路子の腹は膨らんでくるのだから。稲田氏だけでなく、編集者たちにも、友人たちにも、近所の人にも、機会があればあかすだろう。そして「おめでとう」と言われ、微笑むだろう。それは彼女の選択ではない、僕の選択だ。

僕は路子と別れられない。これから子供を産もうとしている女を捨てることなどできない――その子供が、もしかしたら僕の子供ではないとしてもだ。子供が長くできなかったせいで、あるいはべつの理由で、精神が不安定になった女を見放すことはできない。路子の状態が今よりましだったときでさえ、僕はそう思っていた。

自分が愛して、妻として選んだ女と自分の意思で別れるという選択肢は僕にはなかった。個人的な倫理観ではそれは決してしてはならないことだった。愛した女をもう愛することができない、ということが、僕には受け入れ難かった。結局、僕は卑怯だったのだろう。

路子を傷つけたくないと思いながら、傷つけたくないのは自分自身だったのかもしれない。僕は自分を正しい、誰にも非難されない人間のままにしておきたかったのかもしれない。僕の選択だ。綾から離れることは、僕の選択だったのだ。そして綾は僕から離れ、故郷へ帰るのだという。僕の妻には子供ができて、僕にとって捨てられないものがふたつになり、もう決してどうにもならなくなった。

「あった?」

家に戻ると路子が聞いた。玄関のドアを開けたら廊下に立っていた。「本屋に資料を探しに行く」という名目で僕は家を出ていた。

「なかった」

と僕は簡潔に答えた。妻を喜ばせるような答えを考える気力がなかった。路子は不安そうな顔になった。

「本当に本屋に行ったの?」

僕は一瞬、身構えた。妻が僕に対して、この種の疑いの言葉を発するのははじめてだった。僕が綾とときどき会っていることは、路子には絶対に知られていないはずだった。二年前、おそらくはほかの男と寝ていることに対する僅かな罪悪感の対価のつもりで——と僕は考えていた——表参道のギャラリーのオープニングパーティに路子が出席したときも、彼女がいる前では僕は綾に話しかけなかった。人が聞いたら呆れるだろうが、疚しい気持ちよりも、綾を妻から守りたいという気持ちのほうが大きかった。綾は、僕のサンクチュアリだから。

一瞬後に、僕は気づいた。路子が気にしているのは稲田氏のことだと。僕が本屋へ行かずギャラリーへ行って稲田氏と話したかどうかを知りたがっているのだ。もちろん路子は、自分の電話一本でこのまま個展がキャンセルされるとまでは思っていないだろう。知りたいのは、僕の反応だろう。父親としての僕の反応かもしれない。

「本当に本屋に行ったんだよ」

僕はそう答えた。ここで稲田氏と話したことをあかして、妻が妊娠しているときに個展を開催することの是非とか、僕の父親としての覚悟について路子と議論する——というか、彼女の考えを一方的に聞かされる——のは勘弁してもらいたかった。僕は妻にうんざりしていた。いや、僕は、自分がいっそ妻を憎んでいることを感じた。そんなことははじめてだった。彼女がコンビニの男と寝ていることを知ったときでさえ、困惑と悲しみはあったが、憎しみは覚えなかったのに。しかしその感情はずっと自分の中で息を潜めていたような気もした。

僕は路子のそばをすり抜けた。そのあとずっと黒い湿った綿の中にいた。アトリエにこもっているときも、「ごはんよー」と路子に呼ばれ、わざとらしくはしゃいだ様子で話しかける妻に上の空で答えながら砂を食べるように料理を腹に収めているときも、夜が更けてベッドに入ってからも。深夜、路子が僕のベッドに入ってきた。僕の様子に異変を感じて、彼女なりに修復しようとしたのだろう。抱きつかれたが僕は眠ったふりをしていた。触れられると背を向けた。なおも体をすり寄せてきたので、僕はベッドを出た。

服を着てアトリエにこもったが、路子は追ってはこなかった。あきらめたというより、対策を練っているように思えた。このあと何が起こるにせよ、ぞっとした——自分がぞっとしたことに僕はさらにダメージを受けた。妻に耐えられなくなったのは、綾を失ったせいに違いなかった。この先、僕はずっと妻にぞっとしながら生きていかなければならないのだろう。今にも路子がアトリエに入ってくるかもしれない。そのとき自分が平静でいられる自信がなかった。僕は家を逃げ出した。

気がつくと、僕はカローラで、高速道路を走っていた。綾がいる長野へ向かう道を。綾に会いたかった。深夜だったが、二年前の朝、同じ道を走ったときのことが思い出された。仕事だったが、これから行くのが綾の故郷だということだけで、僕は高揚していた。あのとき路子は妊娠していなかった。あのとき、僕は決断するべきだったのかもしれない。そのあとだって、まだ間に合ったのだ。もう間に合わないのか。まだ間に合うのではないか——。

途中のSAで仮眠をとり、高速を降りたときには空が白みはじめていた。綾から聞いたペンションの住所をナビに入れていたが、知っている道を走っているという感覚があった。

知っているが、二年前に走ったときとは別世界のようだった。夜明けのせいなのか、人はもちろんほかの車さえ見かけない静けさのせいなのか。この辺りに街灯はなく、前方に横たわる黒っぽい塊《かたまり》をヘッドライトが照らし出した。僕は驚いてハンドルを切り、車を停めた。あやうく轢《ひ》くところだった。

それは鹿だった。角はなく、さほど大きくないので雌鹿か、あるいは子鹿なのかもしれない。車に撥ねられるか接触するかしたのだろう。死体だと思い路肩に引きずっていこうとすると、後ろ足がビクンと跳ねた。まだ息がある。首も微かに持ち上がり、生気がないビー玉のような目で僕を見た。僕はおっかなびっくり、さらにそれを移動させたが、抵抗はなかった。もう死にかけているのだろう。

僕は警察に――ほかに適当な番号を知らなかったから――電話した。警察から然るべき部署に連絡して、担当者を寄越すとの返事を得た。僕にはこれ以上の義務はないらしかったが、僕はしばらく鹿の傍らに跪《ひざまず》いていた。鹿のためというより、動けなかったのだ。

空は明かるさを増してきていた。そのあかるさが僕を怯ませた。何に間に合うというんだ？　どうするつもりだったんだ？　自分の意思で東京を離れて、あたらしい人生をはじめようとしている綾に追いすがって、彼女にどうしてほしいと思っているんだ？　待っていてほしいと言うのか。いつまで？　子供が生まれるまで？　子供がじゅうぶんに大きくなるまで？　路子が別れに応じるまで？

僕はあらためて鹿に触れてみた。それはもう動かなかった。僕は車に乗り込み、綾がいるペンションへ向かって走り出した。彼女に会いたいという気持ちは抑えられなかった。ただ、自宅からＳＡまで走っていたときの無責任な高揚感はもう消えていた。行き止まりに向かって僕は走っていた。

7
「十四年前」

上里綾

朝イチの仕事はコピー取りだった。

テキスタイルの図案を描いた紙をどっさり、ひたすらカラーコピーする。

午前中には終わるだろうけれど、午後イチの仕事もコピー取りだろうと思う。昨日も一昨日もそうだったから。「デザイナー助手」という枠で採用されたのだが、実質的にはまだ雑用係だ。入社してからまだ三ヶ月だから、仕方がない。

ここは表参道にある小さなテキスタイルメーカーだ。就職活動中、エントリーした中ではいちばん入りたかった会社だった。お給料はそこそこ。港区や渋谷区は無理でも、学生時代から住んでいるアパートを引っ越せるくらいはもらえるのだが、結局、まだそのままだ。エアコンは先週、取り付けたけれど。引っ越さない理由はもちろん、涼さんだ。

ガガッ、と音がしてコピーが止まった。また紙詰まりだ。んもう、と小声で呟いてしゃがみこんで直していると、不意に肩にぺたりと触れられ、思わず「きゃっ！」と声を上げてしまった。振り返ると音村さんが、ニコニコ笑いながら立っていた。

「ごめん、ごめん」

「あ……こっちこそごめんなさい、ちょっとびっくりして」

音村さんは三つ上の、営業部の人だ。小柄だが均整がとれた体形で、スーツ姿も他の営業の人と比べるとはっきりと垢抜《あかぬ》けている。

「これ。うっかりミルク入りの押しちゃったんだけど、よかったら飲んでくれる？」

音村さんはそう言って、自販機のカップを差し出した。

「わあ、ありがとうございます」

私がいつもミルク入りのコーヒーを選んでいることを音村さんはどうして知っているのだろう、とちょっと不思議に思いながら私はカップを受け取った。偶然かもしれない。ちょうど飲みたいところだったから、嬉しかった。

「それ、そこ押すと簡単だよ」

音村さんはついでのように紙詰まりを直してくれてから、自分のぶんのコーヒーを乾杯みたいに軽く掲げて、営業部のほうへ歩いていった。

コピーを取り終わり、それを上司のデスクに持っていき、自分の席に戻ったのは十一時半だった。

椅子に座るのとほぼ同時に、携帯電話にメールの着信があった。涼さんからだとわかって、一気にテンションが上がる。今、仕事で表参道に来ているから、昼食を一緒にどうだろうというメール。もちろん、ＯＫの返事をした。スパイラルの前で待ち合わせということになる。

メール——事務的に処理するものがデザイナーから転送されてくる——の返事を書き、十二時きっかりにデスクを離れた。ちょうど上階から降りてきたエレベーターに乗り込むと、「ちょっと待ったー」と音村さんが駆け込んできた。エレベーターの中はふたりきりで、少し気まずい。

「よっぽど腹が減ってるんだね」

その気まずさを紛らわすように音村さんは言った。

「エレベーターに向かって走っていくのが見えたからさ」

「あ……友だちと待ち合わせしてて」

「へえ。学校のときの友だち？」

「いえ……そうではないんですけど……まあそういう感じです」

「彼氏？」

「いえいえいえ！」

私が思い切り首を振ると、ははは、と音村さんは面白そうに笑った。ビルの出口で、じゃあねと彼は私とは逆方向に歩き出したのでほっとした。涼さんは私の彼氏でも恋人でもないけれど、それでも（だからこそ？）会社の人には知られたくない。

秋晴れの日だ。東京は十月になってもずっと夏みたいな陽気だったが、今日は風が少しつめたくて、でも陽射しもあって、気持ちがいい日。涼さんはもう来ていた。私を見つけて、笑顔で手を振る。私はもうそれだけで幸せになって、ブンブン手を振りながら小走りになる。

「悪かったね、急に」

今日の涼さんは褐色の麻のジャケットに、白い木綿のボタンダウンシャツ、チノパンという姿。私の目には、やっぱり音村さんよりずっと素敵に見える。

「全然。誘ってくれて嬉しかった。何食べる？」

「カツ丼はどう？」

ランチタイムだけカツ丼がメニューにある、老舗《しにせ》のとんかつ屋さんが近くにあるのだそうだ。揚げたてのカツ丼って、意外とお店では食べられないだろ？　蕎麦屋《そばや》じゃなくてとんかつ専門の店で出るっていうのもなかなかないらしいよ、というような話をしながら歩いた。今日の仕事先の人に教えてもらった店らしい。なんだかんだで、彼はいつでもどこでも、私が食べたことがないようなおいしいお店に連れていってくれる。

　そこは裏道の住宅に挟まれた古ぼけた店だったが、すでにふた組が並んで待っていたから、人気店なのだとわかった。カウンターでもかまいませんと言ったら、間もなく入ることができた。涼さんとの距離が近くなるカウンターは大歓迎だ。店の中が薄暗くてひんやりしているのも、カツを揚げる匂いとともに濃い出汁《だし》の匂いが漂ってくるのも、いい感じだった。お茶とおしぼりが運ばれて来て、もちろんふたりともカツ丼を注文した。

「仕事って、なんだったの？」

「それがびっくりなんだよ。綾の故郷《ふるさと》の絵を描くことになった。今日、詳しく聞いてはじめてわかったんだけど、H村って綾のご両親がペンションやってるところだろう？」

「H村の絵を描くの？　観光名所とかとくにないけどな」

「観光名所じゃないけど美しい景色のところがたくさんあるって言ってたよ。それを描いて、カレンダーにするんだよ」

「写真を見て描くの？　スケッチに行くの？」

「もちろん、行くよ」

「わあ。私が案内できればいいのになあ」

「ほんとにね。でも、代理店の人とかあっち側のえらい人とか、ぞろぞろくっついてくるみたいだよ」

「こっそり行って、現地の人ってことで絵の中に入れてもらおうかな」

「はは……」

涼さんとの会話は何を話しても楽しいけれど、いつもいくらかの緊張がある。私だけでなく彼も緊張している気がするのは、私の思い込みだろうか。彼と知り合ってから二年になる。音村さんに言った通り、私たちは友人だ。あるいは、兄と妹みたいなもの。少なくとも私はそうふるまっている。「ふるまっている」と感じているのが、私だけなのか、涼さんもそうなのか、私にはやっぱりはっきりわからない。

蓋をした丼がふたつ、味噌汁とお新香とともに運ばれてきた。私と涼さんは同時に蓋を開けて、感嘆の声を上げた。ひとつ、はっきりしているのは、私にとってこういうひととときが何よりも大事だ、ということだ。失いたくない。だから臆病にならざるを得ない。

私は涼さんの近くにいたいから、吉祥寺のアパートを引っ越さない。といってもちろん、彼が私の部屋に来たことは一度もないし、外でそれほど頻繁に会えるわけでもない。彼から突然連絡があったり、ときには約束をして食事したりするのは、たいていは昼間の短い時間だ。だから、たとえば金曜日の夜は、私は「同期女子飲み」に参加したりする。

営業部の茉里。企画部の淳子。そしてデザイン部の私。全員、専門学校を出て今年新卒で入社したから、同い年だ。いつものように渋谷——それぞれの住まいがある場所のターミナルでもある——のイタリアンというか居酒屋というか、そういう店で、赤い樹脂製のシャンデリアの下のまるいテーブルを囲んできゃあきゃあ騒ぐ。

茉里には「不倫の関係」の恋人がいる。学生時代にバイトしていた出版社で知り合った人らしい。その彼が「もうお互い、全然愛情はない」と言っていた彼の妻が妊娠したらしく、今夜はその話でもちきりになる。

「やることやってたってことでしょ」

淳子がばっさりと言う。別れる一択でしょ、と。

「酔っ払って、うっかりやっちゃったんだって。一回だけ」

茉里が言い、

「何それ」

と私と淳子の声が揃う。

「それ信じてるわけ？」

「っていうか、茉里にそういう言い訳するってことが信じられない」

私も言う。涼さんとは違う、涼さんだったら、たとえ「不倫」の恋をしても、そんな言い訳絶対にしない、と考えながら。

テーブルの上には白ワインのボトル。三人ともアルコールは弱いから、一杯ずつビールを飲んだあとはこれ一本でこと足りてしまう。サラダ、ピザ、ポテトグラタン、エビとアボカドのフリット。どの皿も私たちが早々に食い荒らして、すこしずつ残っている。

「だって好きなんだもん」

茉里は甘ったれた声で言う。同じ口調で恋人にも同じことを言うのだろうか。恋人も、同じ口調で返すのだろうか。

「好きなんて思い込みだよ。男なんて、ほかにいっぱいいるじゃん。あたらしい彼氏を作ればいいいんだよ、茉里はかわいいいんだからさ」

グラタンをスプーンで浚《さら》いながら淳子が言う。好きなんて思い込み。淳子の言葉を、私はルッコラと一緒に咀嚼《そしゃく》する。

「男がいっぱいいるのに、淳子も綾もどうして彼氏がいないの」

茉里が言い返す。私と淳子は一瞬、顔を見合わせ、「そりゃそうだね」と淳子は言い、私はただ、ははは、と笑う。私も淳子と同じく、学生時代に失恋して、それきり何もない、ということにしている。

「綾はホラ、そろそろいいことあるんじゃない?」

淳子が私にふってきた。こんなとき、淳子にも私のように誰にも言わないことがあるのかもしれない、と思う。

「音村さん、あれ絶対綾を狙ってるよね。こないだもわざわざコーヒー持っていってたし。あたしなんか一度もないよ、彼からコーヒーもらったこと」

「えー、そうなんだ? 音村さんいいじゃん、イケメンだし、独身だし」

「独身はべつに長所になりませんけどね。でも彼、いっつも綾を見てるよね。っていうかもはや尾行してるかも」

「それはどうなの」

「ないない。そんなことないよ」

私は笑い飛ばした。でも、実際のところ私は音村さんがいつも私を見ているような気がしていたし、尾行というのは大げさだけど、何かと近づいてくる人だと思っていた。音村さんはイケメンだし、独身だし、いいじゃん、とも思っていた。どうして音村さんじゃだめなのだろうと。

でも、だめなのだ。私は涼さんが好きだから。その気持ちが思い込みだとしても、自分ではどうしようもないから。


ベルコモンズのトイレで、私はカーディガンを脱ぐ。

黒のカーディガンの下は、黒のモヘアの半袖のニットワンピース。足元は赤いショートブーツ。仕事用のショルダーから花の刺繍をした小さなバッグを取り出し、その中から赤とブルーのデージーをあしらったネックレスを取り出して着ける。

仕事中は薄いブラウンのアイシャドウだけつけている目元に、アイラインを引きマスカラをたっぷり塗る。眉を描き直し、口紅も少し濃い色に。自分の顔が「化粧映え」することは社会人になってから知った。普段はナチュラルメイクで通しているけれど、今夜は特別だ。夜に涼さんに会える、それに一緒にお酒が飲める、めったにない機会だから。

ベルコモンズを出てキラー通りを歩く。ギャラリーのガラス窓が見えてきて、そこにもうたくさんの人たちが集まっているのが見える。涼さんの姿はまだ見えない。奥のほうにいるのかもしれない。このギャラリーで今日から十日間、彼の個展が開かれる。今夜はオープニングパーティだ。

扉を開ける。受付で名前を書いて、奥へ入って行く。有名なギャラリーだ。今まで涼さんが個展を開いたどのギャラリーよりも広くて、いつものオープニングよりもずっとたくさんの人が来ている。吹き抜けの天井の下に細長いテーブルが置かれて、シャンパンを注いだグラスがずらりと並んでキラキラ光っている。私は少し気後れしながら涼さんの姿を探した――いた！　テーブルと平行に置かれたソファの前に立っている。ソファに座っている白髪のお爺さんと喋っている。涼さんの隣には女の人がいる。花のアップリケみたいなものを立体的に貼りつけた、ジャージー素材のロングワンピースという姿で、ギャラリーの人には見えない。

すごい服だな……と思いながら、何となく既視感がある。服というより、女の人の佇《たたず》まい？　瞬間、胸がズキッとした――心臓発作が起きたみたいに実際に痛みが貫いた。あの人は、井の頭公園で泣いていた人だ。つまり、涼さんの奥さんだ。そのことがわかったたから。

いつもなら私は涼さんの前から人がいなくなった頃を見計らって、挨拶に行く。ニッコリ笑って「来たよー」と言いに行く。でも今日は彼に近づくことができない。展示を見ることしかできない。涼さんのリトグラフが私は大好きだ。でも今日は、集中して見ることができない。どの絵も、よそよそしい感じがする。そして私の感覚は前面ではなくて背面に集中してしまっている。背中の向こうのどこかに、涼さんと、彼の奥さんがいる、ということに。

もちろん私は、彼に奥さんがいることを知っていた。はじめて会った日——それは私がブッラータというチーズをはじめて知った日でもある——、「昼間、公園で会ったよね？」と彼が言い、「奥さんと一緒でしたよね」と私が答えた。それから二年の間に、彼が彼女について話すことはほとんどなかったけれど、いろんな話題の端々から、子供はいなくて、奥さんとふたり暮らしであることも私は知っている。

七時になってパーティがはじまった。中央に据えられたマイクの前にオーナーが立って涼さんのリトグラフについて少し喋り、涼さんを紹介した。今日は細身の黒のジャケットに黒いTシャツ、グレイのチノパンというスタイルの涼さんが挨拶をする。涼さんの声。少し面映《おもは》ゆそうな微笑。私は涼さんだけを見ようとしながら、彼の斜め後ろにいる奥さんを見ずにはいられない。ニコニコしながら涼さんを見つめている彼女。涼さんの言葉のひとつひとつに小さく頷く彼女。それでは乾杯するので、皆さんシャンパングラスをお取りください、とオーナーが言うと、涼さんはテーブルからグラスをふたつ取って、ひとつを奥さんに渡した。今日、涼さんは一度も私のほうを見ない。私が来ていることに気づかないはずはないのに。私は彼のために、何を着ていくか、どんなメイクをするか、会ったら最初に何を言うか、何日も前からそればかり考えていたのに。

「それではみなさま、ごゆっくり展示をご覧ください。購入希望の方はスタッフまでお申し付け下さい」

乾杯が終わって、来場者は再びギャラリー内に散開した。私も涼さんに背を向けた。まずい。泣きそうになっている。こんなところで、涼さんの奥さんがいるところで泣き出したら絶対まずい。私はトイレを探して逃げ込んだ。

個室に入って、深呼吸する。トイレットペーパーで、目元に溢れてきた涙を抑える。泣くことなんかない、と自分に言い聞かせる。涼さんに奥さんがいることは知ってたんだから。涼さんとはなんの約束もしてないんだから。好きだと言われたこともないし、好きですと伝えたことだってないでしょう。涼さんが奥さんと仲がいいのは当たり前。今まで、あんたはそのことを考えないようにしていただけ。

気分は最悪だったが涙は治まってきて、いつまでも閉じこもっているわけにはいかないから、私は個室のドアを開けた。そこに涼さんがいた。

個室の向こうは洗面スペースで、やはり鍵が掛かるドアがあるのだが、私はそちらのドアの鍵は掛けていなかった。だから涼さんは入ってこられたのだろう。そして鍵をかけたのだろう。私がそう思ったのは、涼さんがいきなり近づいてきたから。そして私を抱きすくめたから。

祥川涼

前方から歩いてくる青年ふたりが、僕らのことを話している。

僕にはそう感じられる。気のせいだろうか。右側の、黒いかぶりのパーカを着たほうが、遠くにいるときから僕らのほうをじろじろ見ていて、それから隣のＭＡジャケットの男に何か言い、そいつがこちらを注視し、パーカの男の脇を小突き、パーカはニヤニヤ笑った。すれ違うときにはふたりは知らぬ顔をしていたが、あきらかに僕らを盗み見ていた。五メートルほど歩いてから振り返るとふたりもそうしていた。慌てて姿勢を戻したが、ヒャヒャヒャヒャ、と聞こえる笑い声が背中にかかった。

路子の服のせいだろうか。彼女の少女趣味は年々亢進《こうしん》していて、行き合う人にぎょっとしたように二度見されることはこれまでにもあった。今日、隣にいる彼女はデニムのロングスカートにリスやドングリの柄のピンクのブラウスという格好で、スカートにはデニムのフリルがついているが、普段の彼女のファッションの中ではおとなしいほうだ。

「知ってる人？」

何かいやな感じが払拭《ふっしょく》できず、僕は妻にそう聞いた。

「ううん。全然」

路子は僕を見上げ、微笑して首をゆらゆらと振る。服と同様に最近、感情の振り幅も激しくなっているが、今日は機嫌がいい。だが、やはり何か違和感を覚える。たとえば青年ふたりとすれ違ってからずいぶん経って僕は聞いたのに、さっきの男たちのことを聞かれたのだと、路子が了解している様子であることに。それに、あんなふうにジロジロ見られ笑われさえしたのに、彼女がいっこうに気にするふうがないことに。

路子がそうしたがったので、最近できたばかりらしい小ぎれいなカフェに僕らは入った。パフェやサンデー、パンケーキなどのメニューがギンガムチェックの厚紙に記され壁に賑やかに貼ってある。小さな白い丸テーブルで向かい合い、僕は何も見ずにコーヒーに決めたが、路子は写真付きのメニューブックを熱心にめくっている。

「ランチもあるのね。ほら」

とそのページを見せられる。「森の妖精たちの饗宴パスタランチ」「ハートがとろけるオムライスランチ」「ハワイの風・特製ソースのロコモコ丼」「お江戸の風・秘伝のタレのヒレカツ丼」などが並んでいる。

「お江戸の風か」

僕は思わず苦笑する。写真のヒレカツ丼はハート型の目玉焼きのようなものがカツの上に載っている。

「おいしそうね」

「食べる?」

「まさか。さっきお昼ごはん食べたばかりなのに。今度あらためて来てみたい。いい?」

「いいよ」

路子とまともな会話ができていることに僕はほっとし、そんなことにほっとしなければならないという現実に気が重くなる。路子は「秋の女神降臨! 梨とマロンとサツマイモのスウィートパフェ」なるものを注文し、僕らはごくふつうの夫婦が散歩の途中でかわすような雑談を交わす。この辺りの店の入れ替わりについてとか、ヒーターを買い替える話とか。

いつも、どんなときでもそうであるように、僕の頭の一部は綾のことを考えている。三日前に表参道で会ったときのことを。その前に彼女と井の頭公園の屋台でソフトクリームを食べたのは、その十一日前だったから、僕にとっては久しぶりの逢瀬だった。綾も僕のように久しぶりだと思ってくれているだろうか。会えない日数を数えたりしているだろうか。綾と待ち合わせするとき、僕はできるかぎり先に行って待っていることにしている。僕がいるのを見つけ、パッと笑顔になり、手を振りながら駆けてくる綾を見るのが好きだから。隠れ家みたいなとんかつ屋（客はみっちりと詰まっていたが）の佇まいに目を瞠《みは》る綾。かつ丼（ハート型の目玉焼きなんか載ってないやつだ）をひとくち食べて、僕を見、うんうんと頷いてみせる綾。綾のそんな顔を見るために、一緒に行く場所、一緒に食べるものをいつでも僕が入念に探していることに、彼女は気づいていないだろう。僕はいつも、たまたま見つけたからとか、友だちに教わったとか言い訳して、僕の熱意が彼女の負担にならないように気をつけている。負担――いや、実際のところは、引かれないように、ということか。綾が僕に好意を寄せてくれていることはわかっている。だがその好意は、僕が彼女に抱いているものと同じなのかどうか自信がない。それに僕は、彼女にそれを求める資格もない。

「あのね」

路子がテーブルに両肘をついて、僕のほうへ身を乗り出した。

「うん？」

僕は妻に微笑み返す。

「不妊治療ね、もうやめてもいいかなと思ってるの」

「え……」

この二年、僕らはクリニックに通っていた。検査の結果、僕には問題がなく、妻に子宮筋腫が見つかった。タイミング法を試したあと、注射や投薬を受けることになったのは妻だったので、負担は彼女のほうが大きかったが、路子はこれまで、治療を続ける意志を頑《かたく》なに示していた。

「……うん、路子がそうしたいんなら、そうしたほうがいいよ」

僕は慎重に答えた。つまり子供を持つのをあきらめるということか、と聞きたいがそれはまだ口に出せない。

「こういうことって、自然に任せたほうがいいのかなって思うようになったの」

「そうか。うん……そうだよ。僕もそう思うよ」

「ごめんね、今まで付き合わせて」

「いや……」

そのときコーヒーとパフェが運ばれてきた。わあ。ぎょっとするほどグラスから盛り上がっているパフェを見て、路子は歓声を上げた。そして山を切り崩すように食べはじめたが、不妊治療をやめる件についてはもう話さなかった。ほっとしていいんだよな？　僕は自分に問いかけた。そういう問いが浮かぶのは、安心よりも違和感のほうが大きいからに違いなかった。

出版社へ向かう電車の中で携帯電話をチェックすると、綾からのメールが届いている。僕は思わず微笑する。

「見どころ追加」というのが件名で、彼女の故郷で「僕に描いてほしい場所」についての情報が、またひとつ書き送られている。

今回は、橋の上から見える田んぼの景色で、地図のURLとともに「ただの田んぼなんだけど、田んぼしか見えないから、すっごくきれいです！　大好きな場所です」と書き添えられている。彼女の故郷の絵を描いてカレンダーを作る仕事を受けたと言って以来、こういうメールを頻繁に送ってくれる——もちろん僕のほうから、教授を願ったわけだが。その土地で育った人にしかわからないような場所を選んで教えてくれて、ほとんどのメールに「大好きな場所です」という一文が添えられている。

僕は何度もその文面を読み返してしまう——まるで自分が、「大好きです」と言われているかのように。自分でもどうかしていると思うが、綾に会っていないときは彼女からのメールに僕の心は支えられている。僕は「綾と一緒に見たいな」という返事を送ろうかどうか熟考し、結局「ありがとう！　思いついたらどんどん送ってください！」という無難なものを返した。それだけでも送信すると心臓はドキドキしている。まるで中学生だ。

今日は単行本の装画の打ち合わせがあった。神保町にあるその出版社ではもう何度か仕事をしていた。滞《とどこお》りなく終わり、帰ろうとしたところで、顔見知りの編集者がやってきた。

最近、部署が変わったが、去年までは文芸誌編集部にいて、僕が挿絵を描いていた連載小説の担当だった男だ。歳が近く気が合うので、ふたりで飲みにいったり、家に呼んだりして仲良くしていた。

　このあと時間あるかな、と彼は言った。僕は彼と一緒に社屋を出て、近くの喫茶店に入った。地下にある目立たない店で、そのうえ彼は奥まった席を選んだ。仕事の話ではないことは、彼があらわれたときの表情からすでに予感していた。

「路子さん、どうしてる」

　彼はそう切り出した。やっぱり、と僕は思ったが、そのあと知らされるようなことは考えもしてなかった。言いにくそうに彼は話した。編集部にいる彼のところに、路子から二度、電話があったこと。その内容。

「……最初は何かの冗談だと思って笑ってたんだけど、そのうち笑えなくなってきてさ。真面目なんだよ、彼女は。何で笑うの、こっちは真剣なのにって、キレられてさ。祥川くんはこのこと知っているのかって聞くと、知らないって言う。そんな頼み、聞けるわけないだろうって言ったら、じゃあもういい、ってガチャンと切られてさ。

　二度目は、へんな話だけど、彼女はもう少し余裕があってさ。保険として僕に頼みたい、って言うんだ。どういう意味だって聞いたら、頼みを聞いてくれた男がいたからって。コンビニの男だと言ってた。若い男で元気がいいからたぶん大丈夫なの、って。君に言ったほうがいいのか悪いのか……ずいぶん悩んだんだよ。でもやっぱり、君は知っておくべきなんじゃないかと思って」

「コンビニの男」と彼が言ったとき、僕の中で数日前のことがよみがえった。カフェに行く途中ですれ違った男。あいつだ。そういうことだったのだ。

そのあと編集者は僕を気遣う言葉やアドバイスめいたこと――心療内科に路子を連れて行くことを勧められた――を口にしたが、僕は自分が何と答えたのか、どんな顔をしていたのか、あとからまるで思い出すことができなかった。


コンビニの男を僕は苦もなく見つけだした。

どことなく見覚えがある顔だったようでもあり、最寄りのコンビニから当たってみたら彼がいたからだ。少し話を聞かせてほしいと言うと、彼は表情を強張《こわば》らせたが、僕に遅れて店のバックヤードに出てきたときには、ふてくされたような顔をしていた。念書をもらってるんすよ、と彼は言った。

その紙片を、まず僕は見た。風船の絵がついた便箋に、たしかに路子の筆跡で「双方の合意に基づいて性交しました。行為についても、妊娠した場合についても、祥川路子は、及川絢也にいっさいの責任を求めないこととします」という文言《もんごん》と、日付と署名が記されていた。ご丁寧に三文判まで捺《お》してあった。

「最初はキモくて断ってたんだけど、何度も店に来るから、面倒になって引き受けたんですよ。十万円くれるって言うし。北口のラブホで、一回だけですよ。奥さんは二回目やりたがったけど俺のほうが無理で。旦那は承知してるのかって聞いたら問題ないって言ってましたよ」

年齢は聞かなかったが、二十歳くらいの男だった。間近で見ればまだ少年のような頼りない顔をしていて、わざと残しているのかまばらな顎髭とその上のニキビの取り合わせが、痛々しい感じだった。話してくれてありがとう、すまなかったねと僕が言うと、顔を赤らめた。

この男が路子の頼みを聞いたのは、人助けのような意識からではなかっただろうが、金のためでもなかったのだろうという気がした。たぶん、平凡な自分の人生に降って湧いた椿事《ちんじ》を受け入れることにしたのだ。彼と別れるとき、口止めを要求しなかったのは僕にその気力が残っていなかったからだが、どのみちその時点で彼は仲間内で吹聴《ふいちょう》しまくっていただろう。先日彼と一緒にいた男だってあきらかに知っていたのだから。僕の妻はこの男の前で服を脱ぎ、体を開いたのだ。その裸体や男との行為は、男が仲間に向かって喋る言葉で僕の中で再生され続けた。表参道での個展のオープニングの日もそうだった。

この日にかぎって、路子はオープニングパーティに自分も出席すると言い出した。僕の絵がそれなりに評価されるようになって以来、私はそういう柄じゃないからとパーティには来ないのが常だったし、個展自体を黙殺することもあったのに。妻の心境の変化とコンビニの男との行為とを、僕は結びつけて考えずにはいられなかった。僕は妻に、コンビニの男とのことを問いただしていなかった。もちろん、その前に編集者に性交を請うたことも。問いただすことができないのははっきりしていたが、問いただせない自分に嫌悪感を抱いていた。だからその日、綾に会うのは辛かった。

もちろん、綾を見ずにはいられなかったが。いつもよりお洒落しているのがすごくかわいかった。でも、彼女はほとんど僕を見なかった——僕のそばに路子がぴったりくっついていたせいだろう。路子の独特なファッションにぎょっとしているせいなのか、それともほかの理由なのか。いずれにしても僕に妻がいるのは歴然とした事実なのだ、と僕は思った。それが、妊娠するためにほかの男と——ほとんど見も知らぬと言っていい若い男と——寝た女であっても。

そう思っていたのに、どうして僕は綾を抱きしめてしまったのだろう。綾が洗面室に入っていくのが見えると、僕はひそかにタイミングを見計らってそこへ入った。意味もなく洗面台の水栓をひねり、また閉めたところで、綾が個室から出てきた。僕は自分の気持ちを抑えることができなかった。

8

「十六年前」

上里綾

突然、髪の色を変えたくなった。

私はパレットに絵の具を追加した。明るい色を数色。混ぜ合わせて、黄緑色や水色や、赤に近いピンク色を作った。

私の髪は肩までのボブだ。それまで真っ黒だったそこに、色をのせていく。ほんの一筋か二筋程度にしようと思っていたのに、筆が止まらなくなって、元々の黒は見えなくなった。

なぜだか大きなため息が出て、私はイーゼルから数歩下がって——アパートは狭いから、あと一歩下がると本棚にぶつかってしまう——キャンバスを眺めた。

夏休みは来週で終わる。油彩の自画像は休み中の課題だ。私が描いた私は白いTシャツを着て、両手をだらりと脇に垂らして、不機嫌な顔をしている。笑顔を描く気がしなかっただけなのだが、そうなった。何かに腹を立てているようにも、誰かに叱られた直後みたいにも見える。そういえば東京で暮らしはじめてからずっと、私はいつも誰かに叱られているみたいな気分でいるのだった。

カラフルになった髪は、誰かに無理やり被らされた奇妙な帽子みたいだった。いかにも浮いている。講評のとき、講師にもきっと指摘されるだろう。これは何かの象徴のつもりかな？　とかなんとか。そう思ったらげんなりして、私はあらためて黒い絵の具をパレットに絞り出した。いったい何をやってるんだか。それもまた最近、頻繁に頭に浮かぶ感慨だった。

今日も暑い。

東京の暑さはどうかしている。そのうえ私の部屋にはエアコンがないから、とんでもない。

エアコンを買うお金はバイトだけでは貯まらない。両親に泣きつけば多少のお金は援助してくれるだろうけれど、反対を押し切って東京の専門学校に通っているのだし、にもかかわらず仕送りもしてもらっているから、これ以上甘えられない。来年、うまく就職できれば、何とかなるかもしれない。エアコンを買うというより、できればエアコン付きのもう少しマシな部屋に引っ越したいというのが、私の希望——というか野望？——だけれど。

もうすぐ正午だった。暑さのせいで食欲が全然わかないので、冷蔵庫からペットボトル入りの水を出して馬みたいに飲んだ。水を買う、というのは私のささやかな贅沢だ。長野にいた頃は、水を買うなんて都会の人のばかげたファッションの一部なのだろうと思っていたが、実際のところ東京の水はまずすぎて、これだけはがまんできない。

冷蔵庫の扉を閉めたタイミングで、部屋の中のどこかで携帯電話が鳴り出した。変人に思われたくないからいちおう持っているけれど、私はケータイをちっとも携帯しないので、友人たちからよく文句を言われる。どこにいても何をしていても、電話が鳴ったら取らなければならないという状況に、私はいまだに慣れないし、受け入れる気にもなれない。音を頼りにうろうろして、浴室の小さな洗面台の上に置きっぱなしになっているのをみつけた。予想通り陽介だった。話したくなかったが、今日は電話に出ることにした。新学期がはじまったら学校で顔を合わせないわけにはいかないのだし。三十分後に会うことになった。彼は自分のアパートで会うことを提案したが、私は断り、駅のそばの喫茶店で待ち合わせした。

タンクトップをチェックの長袖のシャツに、ショートパンツをストレートのデニムに着替えて、顔には日焼け止めだけを塗る。携帯電話と同じで、ファッションもメイクも、人からへんに思われない程度にしか気を遣う気がしない。顔を作ったり着るものを選んだりするのが、自分がどこに属するかを選ぶことなのだとすれば、私にはそれがさっぱりわからない。もちろん、いつもほとんどすっぴんとデニムで通していることも、ひとつのカテゴリーだということはわかっているけれど。私はリサイクルショップで手に入れた赤いフレームのママチャリに跨り、街中よりは幾らか涼しいことを期待して、井の頭公園の中を通って行くことにする。でも公園内は十分に暑くて、にもかかわらず、休日でもないのに少なくない人が歩いている。東京には人が多すぎる。いつも思うことを私は思う。こんなにたくさんの人がみんな、どこかに行こうとしていたり、どこかから立ち去ろうとしていたり、何かになろうとしていたり、何かをやめようとしたりしてるなんて信じられない。

人だかりに行く手を阻まれ、自転車を止めた。めずらしい大道芸でもやっているのだろうか。ふたりの男が喋っている。どちらも背広を脱いだサラリーマンみたいな格好で、背が高いほうは黄色、低いほうは赤いベレー帽をかぶっている。

「昨日はとうとうカアチャンと寝てしまったんですよ」

「とうとう。なんでとうとうなのよ」

「えっ、君はもう寝たんですか、カアチャンと」

「こんな大勢の人さまの前で発表するようなことじゃないけどね」

「大勢ってほどはいないでしょう」

「それはそれでいいから。なんですか、あんたは結婚してるのにずうっとカアチャンと寝ていなかったんですか」

「進歩的なことを言うんだね、君は」

「どこが」

「結婚してるのにカアチャンと寝るなんて、世間様が黙っちゃいないよ」

「あんたいったいどこの世間に住んでるんですか」

曖昧な笑い声が起きる。漫才らしい。ふたりとも六十代か、へたすると七十代にも見える。暑さがこの場所めがけてかたまって落ちて来たような気分になって、私は自転車の方向を変えた。ほとんど同時に、斜め前にいたふたり連れが下がってきたので、危うくぶつかりそうになった。

「すみません」

「いえ、こちらこそ……」

中年の、夫婦に見えるふたりだったが、男性のほうがそう言って片手を挙げた。女性は俯いていて顔も上げない。自転車を再び漕ぎ出してから、あの女《ひと》は泣いていたのだ、と気がついた。

あの漫才を聞いて？　まさか。

私はクスッと笑おうとしてみたけれどうまくいかなくて、ただ強くペダルを踏み込んだ。

狭い階段を降りていく薄暗い店内で、私は十五分近く待たされた。

陽介は約束の時間にいつも遅れる。わざとそうしていることを、今はもう知っている。

「よお。早いな」

という挨拶も、いつも同じ。今日くらいは違うかなと思っていたけれど。最初の頃、毎回遅刻して謝りもしないことに文句を言ったら、「必死だな」と薄笑いで言い返されてびっくりした。つまり彼は、自分が「必死じゃない」ことを証明するために私を待たせているのだ。

「あっちーな。課題、終わった？」

「だいたい」

「さすが優等生。俺なんか来週いっぱい連日徹夜だな。それでも終わるかどうかわかんねえ」

じゃあこんなことしてる時間もないんじゃない、と思ったけれど口には出さずに、私はクリームソーダをストローで吸い込んだ。

「課題終わったんなら、時間あるだろ？　ビールと食い物買って、うちでまったりしようぜ」

陽介は西荻に近いマンションに住んでいて、その部屋にはベッドとエアコンがある。

「そっちには行きたくないって言ったでしょう。話が終わったら帰るよ」

「話って？」

私は呆れて、陽介をまじまじと見た。夏休みに入ってから、私は彼と一度も会っていなかった。電話やメールに一切、応答しなかったからだ。陽介とは去年の秋から付き合っていた。私だけではなくアニメーター科の子とも付き合っているという噂が耳に入ってきたのは今年の七月で、本人に聞いてみる前に、私はバイトの帰りに彼女と陽介が手を繋いで歩いているところを目撃した。そのとき彼も私に見られたことに気がついていたのに。

「そっちに話がないなら、私もない。もう電話してこないで」

私はできるだけ淡々と言った。

「なんだよ、何が気に入らないわけ？　俺がほかの女と飲んでたこと？」

「手を繋いでた」

そう言ってから、しまったと思った。拗《す》ねているみたいに響いたから。陽介はまた薄笑いを浮かべた。

「酒飲んでたんだから、手繋ぐぐらい許してよ。長野の中学生じゃないんだからさ、はは。あんなの、何の意味もないよ。でも、気にしてたんだね。悪かった、ごめん。ちゃんと言ってくれればよかったのに」

陽介の表情が少し変わった。きっと「やさしい顔」をしているつもりなのだろう。陽介はハンサムではなかったが細い目と大きな口の、味があると言えないこともない顔立ちで、社交的ではなかったが孤高な雰囲気で入学当初からわりと目立っていた。そういう男がクラスの中でわざわざ私を選んで近づいてきたとき、嬉しかったのはたしかだった。実習のとき、イーゼルを隣り合って並べたり、ふたりで食事したりするようになり、そうして、彼の部屋にも行くようになった。陽介は私のはじめての恋人だった。

「わかった。もういいよ」

「わかってくれた?」

「うん。よくわかった」

私は立ち上がった。陽介の話の何パーセントかは本当なのかもしれないし、彼がこんなふうに私に説明するということは、彼にとっての本命はアニメーター科の子ではなくて私なのかもしれない。でも、そんなことはもうどうでもよかった。ただ私は本当に不思議なほどはっきりとわかったのだ——もう、彼と一緒にはいたくないということが。呼び止める声が聞こえたが私は振り向かず階段を上った。上りながら携帯電話を取り出して、陽介の番号を着信拒否にした。

夏休み中、彼から電話があっても無視していたが、着信拒否にはしていなかったんだな、と思った。それから、最初の頃、彼に教わったこの店のこの階段を降りていくとき、彼が遅れてくることがわかっていてさえ、彼に会えることを思ってワクワクしていたのだと思い出した。目の奥が熱くなった。私は目をぎゅっとつぶって涙を追い出して、日盛りの中へ出ていった。

わかってる。東京へ行けば何でも叶うなんて幻想だ。

田舎の人間は、少なくとも田舎の高校生は、自分に何度もそう言い聞かせて上京する。私もそうだった。こんなに東京に行きたいのは、東京に過大な期待をしているからじゃなく、生まれ育った田舎を出て行きたいからなのだ、と思っていた。

でも、実際のところは期待していた。たぶん、くるおしく。実際のところは、何を叶えたいのかもわかっていなかったのだけれど、東京へ行けばその何かがあっさり見つかるだろうと思っていた。

学校が最近つらい。好きな絵の勉強ができるから最初はわくわくしていた。でも、私程度の画才の持ち主なんて掃いて捨てるほどいる。それは、東京へ来てわかったことのひとつ。東京にはたしかに田舎よりもチャンスがあるだろう。でも、そのチャンスの何百倍もの、チャンスを待っている人間が東京にいる。それも。

東京へ行ったら素敵な恋ができるかもしれない。心の底でそう思っていたことは認める。陽介と付き合いはじめたとき、叶った、と思ったことも。でも、こんなにひどい気分になるのなら恋なんてしないほうがよかった、と今は思っている——あれが恋だとしてだけれど。

三時過ぎ、私は眉を描いて口紅を薄く引き、チェックのシャツを白いシャツに着替えて、あらためて家を出た。今日はバイトは休みの日だったけれど、ギャラリーのオーナーから電話があって、臨時で閉廊時間まで店番してほしいと言われたから。再び自転車を漕ぎ、さっきとは逆方向に走りだす。薄化粧と白いシャツは、ギャラリーの制服みたいなものだ。

西荻に近い大通り沿いのペンシルビルの、狭くて急な階段を地階へと降りる。オーナーはすでにいなかったので、預かっている鍵で開けてギャラリーに入った。十五坪ほどの空間に、今はガラス作家の器とランプシェードが展示されている。オーナーが自分で塗ったという白い漆喰《しっくい》の壁を背景にして、薄いブルーやピンクの、気泡が入ったガラスのシェードは、海の生き物みたいに見える。上京してまもなく、ビルの壁面にぽつんと掲示されていたポスターを見て階段を降りてみたことがきっかけで、週に二日ここでバイトしている。募集していたわけではなくいわば押しかけバイトなので、時給は安い——だから週に三日はファミレスで働いている——のだが、ここにいるのが私は好きだった。

留守番にきたけれど、今日はもう客は来ないだろう。そう考えながら展示を眺めていると足音がした。オーナーが忘れ物でもして戻ってきたのだと思ったが、入ってきたのは見知らぬ男だった。ひょろりと背が高くて、鹿みたいな目をした人だ。チノパンに薄いストライプのシャツを着て、腕を捲り上げていた。

「あれ?」

というのがその男の第一声だった。その瞬間、知ってる、と私は思った。この人、知ってる。でも、どうしてそう思うのかわからない。

「稲田さんは……」

男はオーナーの名前を言った。

「今、ちょっと出ていて……今日は戻らないと思います」

「えっ、そうなの。約束してたんだけどな」

「病院に行ったんです。なんか、食あたりみたいで」

「ありゃりゃ」

「昨日の鯖《さば》があやしいって言ってました」

私はつい、余計なことまで言ってしまった。男の反応が好もしかったからかもしれない。

鯖。男は呟いて、ちょっと笑った。そのとき私は気がついた。この人と、さっき公園で会ったんだ。漫才の見物人の中で。泣いてる女の人と一緒にいた人だ。

「あ、僕は祥川と言います。今度、ここで個展をやらせてもらうことになってて」

男がそんなふうに自己紹介をはじめたとき、彼もやっぱり私と公園で会ったことを思い出しているような気がした。それは私の願望だったのかもしれないけれど。

祥川涼

予約していたレストランに入っても路子は泣き止まなかった。

僕は途方にくれるしかなかった——彼女が泣く理由が、さっぱりわからなかったから。

もともと神経質で、情緒不安定な気味はあった。それが最近、ひどくなっている。

ここへ来るとき公園の中を歩いていたら。小さな人だかりがあった。何かしら、何か喋ってる、と先に足を止めたのは路子だった。ふたりの男が漫才らしきものをやっていて、暑かったし、とくに聞きたいとも思わなかったが、路子が動かなくなった。そんなに面白いのかと彼女の顔を見ると、泣いていたのだ。それ以来泣き続けている。

コースを予約していたから料理は決める必要はなかったが、ワインリストを受け取ったままになっていた。少し離れたところからこちらの様子を窺っているウェイターに、もう少し待ってほしいと目顔で伝えて、僕は妻に向き直った。

「み、ち、こ、さ、ん」

子供をあやすように言ってみる。

「ど、う、し、た、の」

十数回目の質問だ。路子はちらりと眼差しを上げて僕を見た。

「何、その言いかた」

「あと十パターンくらいやってみせるぞ」

路子はクスッと笑った。よかった。効果があった。

「私、今日で三十一歳になるのよ」

「知ってるよ」

僕は笑った。

「誕生日のお祝いをするためにここに来たんだから。だろ？　そろそろお祝いさせてくれよ」

「三十一歳なのに、赤ちゃんがまだできない」

路子はまた泣きはじめた。僕は慌てた。赤ちゃん？　それが泣いている理由？　僕らは結婚四年目で、たしかに子供はまだできていなかったが、そのことについて話題にしたことさえなかった。子供を持たないことで、僕と路子の人生が不完全なものになるとは僕は考えていなかった。

「急にどうしたんだよ」

「急にじゃないわ」

路子は声を上げた。叫んだ、と言っていい音量だったので周囲の客の何人かがこちらを見た。僕は意味もなく水を飲んだ。

路子は僕より三つ下で、童顔で華奢《きやしや》で、実年齢よりもずっと若く見えた——もっともそれは、彼女がそれこそ三十を越えてもいまだに少女が着るような服を好んでいるせいもあるのだが。今日も、水色にピンクの小花が散ったプリントの、パフスリーブのワンピースを着ている。妻の服装について僕は今まであまりよく考えたことはなかったのだが、涙で溶けた化粧で目の周りを黒くして、顔を歪めている路子とそのワンピースの取り合わせは、不意にひどく歪なものに感じられた。

「私はずうっと考えてたわ。涼ちゃん、それに気づきもしなかったでしょう。私は考えてたの、ず、うっ、と。赤ちゃん、ほしくないの？　父親になりたくないの？　もうすぐタイムリミットなのよ。どうして平気でいられるの？　そのうち自分が女じゃなくなる気がするの。昨日とうとうカアちゃんと寝た、なんて言われるようになるのよ」

なるほど、それで漫才の途中で泣き出したわけだ。頭の片隅で僕は納得した。もちろん、残りの大部分では、この事態をどう収拾すればいいのかとパニックになっていた。路子の声のボリュームは上がる一方で、今では店中の人たちが僕らを見ていた。

吉祥寺からバスで二十分ほどの、練馬区に近い住宅街の中に僕らの家はある。

もともとは僕が助手をしていた画家の家だった。彼が認知症になり施設に入ることが決まったとき、彼の妻がほぼ土地だけの値段で僕に譲ってくれた。もっとも、その時点で家は築五十年が経っていたから、不動産的にも土地だけの価値しかなかったし、その土地にしても広いとは言えないのだが。四年前のことだ。それから僕と路子は、自分たちで少しずつ家をリフォームしてきた。それがそろそろ終わろうかという頃だった。

　誕生日祝いのランチは、結局、中止になった。路子が泣きやまない――というか、どんどん泣き声が大きくなり、ほとんど店に迷惑をかけているレベルになった――ので、僕はコースの予約をキャンセルし、路子の手を引っぱってタクシーに乗り込み、家に戻ってきたからだ。店には、代金は払いますと申し出たのだが、ウェイターは微笑だけして小さく首を振った。あの微笑が、じつはけっこうこたえている。

　今、路子はキッチンでまだ泣いている。椅子に座らせお茶を淹れてやり、あれこれ慰めたがいっこうに泣きやまないので、僕はあきらめてアトリエに引き下がった。画家の制作場でもあった場所で、彼への敬意から、僕はこの部屋にはほとんど手を加えなかったので、彼の絵の具の痕跡が床にも壁にもまだ残っている。僕にとっては家の中でいちばん落ち着く場所だった。やはり彼のものを引き継いで使っている机の前に、僕は座っている。

　妻の泣き声はこの部屋にも聞こえてくる。それである意味、僕は安心できる。泣いているなら、おかしなことはしていないだろうと。彼女が発作的に自分を傷つけたりすることをもっとも恐れているわけだが、そんな心配を自分がしているということにぎょっとする。いったいどうなってしまったんだと思うが、今日はじまったことではなく、ずいぶん前から自分は妻に対して違和感を持っていたような気もしてくる。

僕はクロッキー帳を開く。仕事を進めておく必要がある。これまでに何度か開いた個展がどれもわりといい評価を受けて、僕のリトグラフは雑誌の挿画や本の装丁に使われるようになった。広告の仕事も入ってきて、生活はずいぶん楽になったが、同時に忙しくもなっている。

僕はしばらくの間、開いたクロッキー帳にいくつかの絵を描く。やがてあきらめ、机の横の棚から古いクロッキー帳を取り出した。そこには十数冊のクロッキー帳が収まっていて、とくに選んだわけでもないのに、取り出した一冊を開くと路子の素描があらわれる。出会った頃に毎日のように描いたものだ。ぷっくりした頬、何も見ていないような、あるいは彼女にしか見えないものを見ているような瞳。路子は、僕が通っていた美大のそばの喫茶店の娘だった。ウェイトレスとしてときどき店に出てくるのを、僕の仲間たちは、「妖精いた?」「妖精見た?」というふうに話題にした。卒業後数年経って、その娘がこの家に——つまり、僕の師だった画家の住まいだった頃のこの家に——あらわれた。画家が近所の子供や老人相手に開いていた絵画教室に通ってくるようになったのだ。それが僕と路子の個人的なかかわりのきっかけだった。

僕は妻の素描を見下ろす。下手だな、と思い、鉛筆を握り修正していく。結婚した当初、路子は家事代行サービスのヘルパーとして働いていた。約一年でその仕事を辞め、そのあとはまた両親の店に行ったりしていたが、そのうちそれも辞め、家にいるようになった。その頃は僕の稼ぎだけでなんとか暮らしが回るようになっていたから、僕は気にしなかった。いや、本当は気にしていたのかもしれない。あるいは気にするべきだったのかもしれない。何か、まずい方向にいっていると。僕はハッとして鉛筆の動きを止める。修正によって素描の路子はひどく不気味な顔になっている。そもそもどうして修正しようなどと思ったんだ？　この絵は僕と路子の愛の記録にほかならないのに。

クロッキー帳を閉じるのと同時に、アトリエのドアが開いた。路子の泣き声が聞こえなくなっていたことに、僕は気づかなかった。振り返ると路子は笑っていた。

「さっきはごめんなさい」

満面の笑みで路子は言った。さっきの服から着替えていて、胸に大きな花の絵が描いてあるピンクのTシャツに、それより少し濃い色のロングスカートという格好だった。化粧はまだ落としておらず目の周りは黒いままで、口紅だけ塗り直したのか唇は真っ赤だった。

「いいんだよ、僕も悪かった」

路子が駆け寄ってきたので、僕はクロッキー帳を隠すように机の前に立ち上がった。路子が抱きついてきて、僕は彼女の背中を撫でた。

「不妊治療に協力してくれる？」

僕を見上げる彼女の、どこを見ているかわからない、あるいは彼女にだけ見えるものを

見ている、黒く汚れた瞳に向かって、

「もちろん」

と僕は頷いた。ほかにどうすることができるだろう。


午後四時、僕は自転車で家を出た。

ギャラリーでオーナーの稲田氏と会う約束になっていた。路子の機嫌が直らなければキャンセルするしかないと思っていたが、笑顔で送り出された。その笑顔にもその豹変ぶりにも、違和感を覚えざるを得なかったが。

公営の駐輪場に自転車を止め、細い路地を歩いてビルの階段を降りていった。このギャラリーで個展を開くのははじめてだった。荻窪のギャラリーでの個展に稲田氏が来てくれて、声をかけられた。その後何度かここで開かれた個展に足を運び、稲田氏の目のたしかさに感心していたから、ここでの開催は僕にとってもとりわけ楽しみなものになっている。

ドアを開けると女性が振り返った。客だと思ったが、従業員らしい。稲田氏は鯖に当たって具合が悪くなり、急遽病院に行ったとのことだった。僕は名乗り、今度ここで個展を開くことになっている者だと自己紹介した。

「すみません……。きっと緊急事態で、ご連絡する余裕がなかったんですね」

従業員の女性が言った。真っ黒なおかっぱ頭で、小柄で、少年みたいな体形で、猫みたいな目が印象的だった。公園でぶつかりそうになった娘だ、と気がついた。だがそのことを今、口に出していいものかどうかはわからなかった。

「出直しますよ。彼には明日になったら連絡してみます」

結局、僕はそう言った。女性は頷いた。

「あなたは彼のお嬢さん？」

体の向きを変えながら僕はふとそう聞いてみた。そう見えたからというより、もう少しだけこの娘と会話したかったからかもしれない。いえいえいえ、と娘は手をぶんぶん振った。

「バイトさせてもらってるんです。このギャラリーの展示が好きで、押しかけバイトです」

「センスいいもんね、稲田さん」

「はい！」

「僕、ときどきここに来てたけど、会わなかったね」

「バイト、週二日なので……それでも無理を言って週一を二日にしてもらったんです」

そんな話をしていたら店内の据え置きの電話が鳴った。女性が応答するのを聞いていると、相手は稲田氏らしい。しばらく話してから、女性は僕に受話器を渡した。約束をすっぽかしたことを謝る彼に、気にしないでください、お大事にと言って僕は電話を切った。

「あの、なんか、冷蔵庫に、ブッダなんとか、っていうのがあるらしくて」

ぼくが辞そうとすると、女性が慌てた様子で言った。

「ブッダなんとか……？」

「それを食べていただきなさいって、オーナーが。白ワインもあるんです、白ワインに合うらしいです、それ」

女性が一生懸命喋る様子に僕は思わず微笑しながら、その「ブッダなんとか」の正体を知るために、冷蔵庫を覗かせてもらった。白ワインとチーズしか入っていなかった。僕は両方を取り出して女性に見せた。

「ブッラータだね。このチーズ」

「あ、ブッラータ。そうですそうです。そう言ってました」

ブッダなんとかって、女性は自分の言葉を思い出してクスクス笑った。僕も笑った。彼女がワイングラスをひとつ、奥から持ってきたときに、「もうひとつ持ってきたら」と僕は言った。

エピローグ［現在］

祥川涼

　振り下ろしたキャンバスバッグはガッ、と硬いものにあたった。手に伝わった衝撃と、その瞬間、その硬いものが綾の頭頂であるということがわかって、僕の手から力が抜けた。キャンバスバッグは綾の頭から滑り落ちて机にぶつかり、積み上げてあった「ありふれた人たちのここだけの話」シーズン３――表紙カバーの左下でブッダラタが目を閉じている――と一緒に僕の足元に落ちた。綾を描いたキャンバスを入れたアイボリーのバッグの角が赤く染まっている。これは血じゃないのか。綾の血じゃないのか。

　おそるおそる視線を動かす。綾の姿は見えない。机の向こうの椅子に、手だけがだらんと置かれているのが見える。横にいたスタッフらしき女性が、僕の視界を遮るように椅子の前に屈みこみ、「綾さん！　綾さん！」と叫んでいる。「綾！」僕の後ろからも声がする。振り向いた一瞬、男と目が合った。知っている、と僕は思う。この男のことを僕は知っている。誰だったか。思い出そうとするが思い出したくないという強力な思いが記憶に蓋をする。男の手は、男の子の手を引いている。綾によく似た子供。痛みが僕のこめかみを貫く。まるでさっきキャンバスバッグで殴られたのが自分自身であるかのように。

「おい、待て！」

僕の背中に男が怒鳴る。それで僕は、自分が逃げ出したことに気がついた。

今にも肩を掴まれるだろう、タックルされて引き倒されるだろうと思いながら、それを待ち望むような気持ちで僕は走っていた。誰も僕を掴まえなかった。僕が今走っているのは異次元なのかもしれない。景色がジグソーパズルのようにばらばらの破片になって、僕の行く手で砕け散る。見知った街と見知らぬ街、現在の街と昔の街。

気がつくと僕はペンシルビルの前にいる。ここは知っている、と思う。現実なのか妄想なのかわからない。階段の手前に脚立が置かれ「立ち入り禁止」という赤い札が貼ってあるから、夢なのかもしれない。僕はその障害物をどかして、階段を降りていく。

そうだ、ここを降りていけば、稲田さんに会える。僕はそのことを思いつく。そして少しだけ元気が出る。彼なら僕の話を聞いてくれる。どうしたらいいか考えてくれる。それに、酒もあるだろう。ここに来るたびいつも、うまい白ワインを飲ませてもらったことを思い出す。

「ギャラリーいなだ」という、小さな銀色の文字が彫り込まれた木製のドアを開けると、しかしその向こうに「よう」と僕に向かって片手を上げる稲田氏の姿はない。彼がいないだけではなく何もない。何の展示もされていないし、家具も家電も見当たらない。白い塗り壁と白いリノリウムの床、そして床の上に使い終わったガムテープの芯が転がっているだけだ。

どうしてだ？　稲田さんはどこに行ったんだ？

稲田さんは死んだんだ。

突然、僕はそのことを思い出した。頭が痛む。痛む箇所を揉むと濡れた感触があって、手を見ると赤く染まっている。なんだこれは。血じゃないのか。僕はケガをしているのか。

「君の血じゃないよ、それは綾ちゃんの血だよ」

稲田氏が言った。いつの間にかあらわれて、床の上に直《じか》に座っていた。

「綾の？」

僕も座った。足から力が抜けてへたり込んだ、と言ったほうが正しいかもしれない。

「どうして綾の血が、僕の手についてるんですか」

「君が彼女を殴ったからだよ」

「殴った？　まさか」

「キャンバスを振り下ろしたじゃないか。彼女の頭に向かって」

稲田氏は困った顔でそう言った。床に落ちたキャンバスバッグの、赤く染まった角がよみがえった。それに、ガッ、という衝撃も。そうだ、僕はキャンバスバッグを振り下ろした、硬いキャンバスが入ったまま。でも――

「あれは綾じゃなかった、化け物だった、化け物がいたんだ」

稲田氏は首を振った。

「君が殴ったのは綾ちゃんだ」

「なんで……」

「十六年ぶりの再会だったのに、綾ちゃんは君に目もくれなかった。為書きのためのメモで君の名前を見ても、顔も上げようとしなかった。君はそれに耐えられなかったんだろう」

「違う」

「君は、何ヶ月もかけて彼女の絵を描いて、それを彼女に渡すことを夢見てたんだろう。描きながら、勝手に期待してたんだろう。絵を渡すことができれば、彼女の気持ちが戻ってくると」

「もちろん絵は渡したかったですよ。でも、それでどうこうなろうなんて思ってなかった。綾は結婚して、子供もいて、幸せに暮らしてるんです。彼女の家庭を壊そうなんて……」

「結婚してたって、幸せとはかぎらない。そう考えてたんじゃないのか」

「いや……」

「彼女の漫画の中に、彼女からのメッセージを探していただろう。涼さん、迎えにきて。ここから連れ出して。彼女がそういうメッセージを発するのを待っていたんだろう。それで毎日毎日、ストーカーみたいに彼女の漫画のサイトをチェックしてたんだろう」

「違いますよ。そんなつもりでチェックしてたんじゃない」

「ストーカーだよ、君は。コメントも書き込んでいたよな」

「それは……ひどいことを書き込んでいるやつがいるから、綾を応援したくて。僕だとわかるようなことは書いていません」

「〝いつも見ています〟〝この漫画、大好きです〟たしかにファンなら誰でも書きそうなことばかり、飽きもせずに書き込んでいたよな。でも君は、気づいてもらえるはずだと期待していたんだろう。君がずっと彼女を見ていることを……」

「違う」

「でも、彼女は気づいていなかった。生身の君を見てさえ、驚きもしなかった。彼女にとって君は忘れ去った過去なのかもしれない。君はそのことにショックを受けた。そして彼女を殴ったんだ」

僕は立ち上がり、そろそろと稲田氏から遠ざかった。喋っている稲田氏の顔が歪み、変形して、藍子の顔になり、路子の顔になり、そして化け物の顔になったからだ。ドアまで走り、それを開けると、階段を誰かが降りてくるのが見えた。稲田氏だった。僕に向かって何か叫んでいる。なにやってんだ、あんた。立ち入り禁止の看板が見えなかったのか。

そう聞こえる。

「助けてください」

僕は叫んだ。

「僕を連れていってください」

「あ？　どこに？」

稲田氏は怒鳴り返した。その顔が再び揺らいで、作業着を着た男の姿になった。ばらばらのピースが一瞬、ピタリとはまって、僕は綾のことを考えた。綾は倒れていた。僕が殴ったせいだ。そうだ、僕が殴ったのだ。今頃、どうしているのか。大丈夫なのか。死――まさか。

「綾のところに。病院――いや、警察に」

音村綾

「冷蔵庫にブッラータがあるんですよ」

私は言った。

「おっ、いいね」

涼さんが微笑む。私が大好きな笑顔だ。

私は冷蔵庫を開けてそのチーズを取り出す。皿に盛り、オリーブオイルを少しかける。上等のオリーブオイルだと、稲田さんが言っていた。白ワインのボトル、それにグラスをふたつ。それらを私は、涼さんが座っているソファの前の小さなテーブルに運んでいく。

白ワインは涼さんが注いでくれた。乾杯。私たちはグラスを合わせる。

「ブッラータって、ちゃんと言えたね」

「アハハ。でも、気を抜くと間違っちゃう」

「ははは」

私たちは笑い合う。ブッラータ。私たちの思い出の食べもの。「ありふれた人たちのこだけの話」の、とても大切な登場人物の起源。

「ブッダラタってさ」

私の心が読めるみたいに、涼さんが言った。

「あれって……」

「涼さんだよ」

涼さんが言う前に、私が言った。自分の口から言いたかった。ずっと、気づいてほしいと思いながら描いていた。

「そうだと思ってた」

「ほんと？　気づいてた？」

「もちろん。綾の気持ちはずっとわかってたよ」

私は落ち着かなくなる。涼さんがそんなふうに言ってくれるなんて。嬉しさや恥ずかしさを押しのけて、べつの気持ちが膨らんでくる。何か変だ。私は自分が恐れていることに気がつく。それに焦っていることにも。急がないと。急がないと。何を急ぐんだったっけ？　それにここには渉がいない。渉はどこ？　渉を見つけないと。彼より先に。彼って誰？

階段を降りてくる足音がした。私は怯えながら入口を見守るが、入ってきたのは渉だった。ああ、よかった。

「渉！」

「お母さーん！」

渉が私のほうへ手を伸ばした。その手を取ろうとしたとき、息子の体がへんなふうに傾いていることに気がついた。もう片方の手が引っ張られているせいだ。引っ張っているのは夫だった。ニコニコしながら、しっかりと渉の手を握っている。

「綾！」

嬉しそうに、夫が私の名を呼んだ。私は必死で笑顔を作ろうとするけれど、顔がこわばってうまくいかない。笑わなくちゃ。夫に気づかれないようにしなくちゃ。ここに涼さんがいることを。私が涼さんを愛していることを。それに、私がもう全部知っていることを。

「綾」

「お母さん」

「音村さん、音村さん」

視界には白い色がひろがっていた。涼さんの姿は見えなかった。誰かの手があらわれ、頬を撫でた。それが夫の手だとわかって、私は思わず顔を背けた。

「大丈夫か、綾」

当惑を隠そうとするように夫は言い、その不安げな顔の向こうに渉が見えた。私はとりあえずホッとした。次第に見えるものがはっきりしてきた。夫の顔、白い天井、蛍光灯。渉のうしろには野々村さんが、やっぱり不安そうな顔で立っていた。彼らの間を縫うようにして、白衣の人が近づいてきた。

私は渉のそばに行きたかった。起き上がろうとすると、痛みが首と背中を貫いて、私は呻《うめ》いた。

「急に動いたらだめですよ。頸椎《けいつい》をひねってるんです。麻痺が残るようなダメージではなかったから、ちゃんと治りますよ」

白衣の人が言った。どうやら彼は医者らしい。ここはどこだろう。さっきまで「ギャラリーいなだ」で、涼さんと一緒だったのに。いや、あれは夢だったのか。ということは眠っていたのか。いつ眠ったのだろう。

「今、何時？」

「朝だよ、朝九時。ずっと目を覚まさなかったんだ、気がついてよかった」

夫が勢い込んで答えた。

「サイン会で頭に怪我をして、倒れたんです。覚えていますか」

医者が言った。サイン会、そうだ私はサイン会にいたのだ。そしてその会場に、涼さんが来た。渉を連れた夫の前に並んでいた。

祥川涼。彼自身の字で書かれた涼さんのフルネームが、私の頭の中で明滅した。気づかれないようにしなくちゃ。私はそう思っていた。頭の中はそのことだけでいっぱいだった。気づかれないようにしなくちゃ、ここに涼さんがいることを。私が涼さんを愛していることを。それに、私がもう全部知っていることを。なぜなら涼さんの後ろには、渉の手をしっかりと摑んだ夫が立っているから……。

「犯人は捕まったよ。昨日の夜、自首してきたんだ」

夫が言った。

「犯人……」

少しずつ思い出した。四角い板。キャンバスバッグ。それが私に向かって振り下ろされて、そして――。

「掲示板のコメントも、たぶんあいつだったんだ。僕の油断だった、すまない」

「掲示板……」

私の視線は夫からそれて、後方の野々村さんをとらえた。野々村さんは小さく頷いた。それは夫の言っていることを肯定しているのではなくて、私に思い出させようとする頷きだった。サイン会の前に彼女が私に伝えたことを、ずっと私たちを悩ませていた中傷コメントの発信者の正体を、もちろん私はもう思い出していた。

「取り調べで、これからいろいろわかってくるよ。嫉妬もあったんじゃないかな。絵を描く男だったみたいだから」

この人は今日、よく喋る、と私は思う。私が彼を見る目の中に、何かを感じ取っているのかもしれない。

「あの中には、綾の肖像画が入っていたんだ」

「え？」

「油彩だったけど、下手くそな絵だったよ。どこかで綾の写真を見て、描いたんだろう。何も知らない小娘みたいに描いていたよ。願望だろうな。若い女が好きなんだろう」

私は目を閉じた。涼さんがどんな私を描いたのか、見えるような気がした。

「疲れたんじゃない？　綾さん」

野々村さんが言った。

「そうですね、今日はお話はもうこのくらいで」

医者が言った。私は頷いた。疲れている気はしなくて、むしろ立ち上がって叫びたいくらいだったが、夫に早く出ていってほしかった。

「お母さん、早く良くなってね」

渉がベッドに近づこうとし、そのために夫の手が離れた。私は息子の手を取った。再び夫に摑まれないように、両手を。

「すぐ良くなるよ。すぐ渉のところに行くからね。それまで、野々村さんと一緒にいて」

「うん、そうしよう。任せて」

野々村さんが夫をそっと押しのけるようにして、渉の肩を抱いてくれた。


翌朝、私の病室に刑事さんが来た。

私は野々村さんに付き添ってもらって彼の話を聞き、自分でも話した。私と涼さんの関係。十六年前に知り合って、十二年前に交流がなくなって、そのあとは一回会っただけであること。事実なのに、口に出して説明していると、嘘みたいな気がした。だって私の中にはずっと涼さんがいたから。もちろんそのことは彼には言わなかった。刑事さんは、涼さんのほうがずっと私に執着していて、今回の事件が起きたと思っているようだった。

涼さんは今、警察の管視下の病院にいるらしい。怪我をしてるんですかと聞いたら、幻視や幻聴の症状があって混乱が見られるから、ということだった。涼さんは、アルコール中毒に近い状態らしい。

私は、被害届は出さないと言った。それでは拘留することはできませんよと言われたけれど、かまわないと答えた。野々村さんは心配していたけれど、私の気持ちは変わらなかった。

私は翌日に退院できた。

野々村さんが、渉を連れて迎えに来てくれた。昨夜、息子は彼女の部屋に泊めてもらった。会計を済ませて病院の外に出ると、サイン会のときからずっとボディガードとしてついていてくれた大柄な男性編集者が待っていた。念のためのボディガードとして今日も来てくれたということだった。私はふたりにお礼を言った。

私たちは野々村さんが運転する車で、笹塚にある彼女のマンションへ行った。今夜はホテルに泊まるつもりだったけれど、チェックインするにはまだ時間が早すぎたから。部屋に着くと男性編集者が、渉を引き受けてくれた。ゲームで遊んでくれるらしい。何かが起きていることに息子が気づいていないはずはないけれど、仕方がない。夫とはもう絶対に一緒にいてほしくなかった。

私と野々村さんは彼女が寝室にしている部屋で話した。ベッドに横になるように野々村さんは勧めてくれたけれど、私はベッドに寄りかかって座った。頭の包帯はもう取れていて、髪の間に大きな絆創膏が貼ってあるだけだった。傷自体の痛みはもうほとんどなくて、首や肩が少しだるかった。野々村さんはデスクの椅子に腰掛けていた。ベッドカバーはインドふうのキルトで、デスクの上には原稿の束、その上に金色の小さな招き猫が置かれている。一度遊びに来てよと、仲良くなってからずっと誘われていた野々村さんの部屋に、今こんな状況ではじめて訪れていることが悲しくて、私は気がつくとポタポタ涙をこぼしていた。

「大丈夫だから」

野々村さんが駆け寄って、私をぎゅっと抱いた。私は彼女に取りすがってひとしきり泣いた。それで気持ちがずいぶん落ち着いた。

「着信はまだないの？」

野々村さんが聞いた。私はあらためてスマートフォンをたしかめて、ない、と答えた。

「ペンションにも戻ってないみたいなの」

「あ、お母さんにも連絡したんだね」

「うん。できたら母にも東京に来てほしかったけど、予約のお客さんがいるからそうもいかないって。お客さんがいれば夫が何かするっていうことはないと思うし、そもそもあっちにいないみたいだし」

「お母さんにも事情を話したの？」

「うん、簡単に。あんまり驚いてなかった。私と同じで、薄々何かを感じてたんだと思う」

「彼、今どこにいるのかな」

「プライドが高い人だから、私とはもう顔が合わせられないんだと思う。長野には戻ってないいんじゃないかな。しばらくは東京の実家にいるのかもしれない。たしかめたくないけど」

　サイン会の前に私に伝えたことを、昨日、病院内の談話室で、野々村さんは夫に話した。「ありふれた人たちのここだけの話」のサイトにリンクが貼られた画像と、康平くんのブログにリンクが貼られた画像が、同じものだったということ。そして康平くんのブログへのひどい書き込み——私の漫画のサイトへの書き込み同様に、「カンチガイ」とか「ストーカー」という単語でコメント欄を埋め尽くすというもの——に添えられたハンドル名は「ＯＴＴＯ」で、じつは康平くんは後になって私が音村という男と結婚したことを知ったとき、そのハンドル名を思い出したということ。音村の「音」をもじれば「ＯＴＴＯ」になる。夫が、ほんの短い間「ペンションかみさと」のＳＮＳで発信していたとき、発信者名として「ＯＴＴＯ」と記していたこと。そのときは「夫」の意味もあったのかもしれない。

　わかったのはそれだけではなかった。「ありふれた人たちのここだけの話」のサイトでの中傷コメントの発信者は「トム・ハンクス」だった。トム・ハンクスが最近「オットーという男」という映画に主演していることに気がついたのは、ヘルプデスクの人だった。こうした事実を、野々村さんは夫の前で淡々と並べた。夫はしばらくの間は否定の言葉を並べていたが、その表情で、野々村さんは確信したそうだ。そして野々村さんが確信したことがわかると、夫は黙り込んだ。そのまま立ち去ったらしい。その間、私と渉は病室にいた。ガードとして男性編集者も一緒にいてくれたのだが、夫は私たちのところには戻ってこなかった。

野々村さんが二杯目のハーブティーを持ってきてくれた。熱いお茶が喉を落ちていくと、私の目にはまた新たな涙が溢れてきた。

「あのさ、それって、もしかしたらさ。綾がそんなふうに泣いてるのは……」

今度はデスクチェアーではなく、私の足元の床にぺたりと座った野々村さんが言った。

「音村さんのことじゃなくて、ブッダラタのせい?」

「ブッダラタ」

野々村さんが涼さんのことを早速「ブッダラタ」と呼んだことに私は少し笑った。刑事さんに話したことに加えて、昨夜、私は彼女に、涼さんのことを——つまり、私の彼への思い、どうして私が被害届を出そうとしないのか——を全部話していた。

「今日、会いに行けるかな」

「行きたいんだね」

「うん」

「大賛成ってわけじゃないけど、行きたいなら、協力するよ」

「うん」

私はもう一度頷いて、デニムの膝に、自分の涙があらたな模様を作るのを見た。

霧雨が降っている。

フロントガラスを曇らせる雨を、ワイパーが拭う。拭っても拭ってもガラスは曇る。曇っても曇っても、ワイパーは動き続ける。

「来世がワイパーだったらどうしよう」

頭に浮かんだことをそのまま口に出したら、

「ワイパーは生きものじゃないから」

と、野々村さんは真面目な口調で言った。私は再び、彼女が運転する車の助手席に乗っている。ひとりで電車で出かけるつもりだったのだけれど、野々村さんは、送らせてくれないなら行かせない、と言い張った。渉は男性編集者と一緒に、野々村さんの家で待っている。

「東京の春ってやる気がないよね」

私はまた呟いた。

「長野の春は？」

「もっと攻めてくるよ。うかうかしてると春にやられるよ」

野々村さんは笑い、そのあと私たちは口を閉ざした。この会話の前に、そうだったように。いつもの私と彼女からすると、ほとんど喋っていないと言っていい。

「あと十分くらいで着くよ」

しばらくしてから、野々村さんが言った。うん、と私は答えた。

「送っていくのが正しいかどうか、まだわかんないんだけど」

「うん、私にもわかんないよ」

「でも、会いたいんだよね」

「うん、会いたいの。話せるなら、話したい。少しでもいいから」

「失望するかもしれないよ。っていうか、失望よりもっとひどいことになるかも」

「うん、わかってる」

私がそう答えると。野々村さんはもう何も言わなくなった。それで、車内での残りの時間、私はあらためて、涼さんに会いに行くことの是非について考えた。たぶん野々村さんも、同様だろう。結局私たちは車の中で、ずっとそれを考えているのだろう。私に会うためにサイン会に来た涼さん。私の絵を描いていたという涼さん。その絵を、私の頭の上に振り下ろした涼さん。治療を受けなければならないほどのアルコール依存症になっているという涼さん。その彼に、私は会いに行く。

失望するかもしれないよ。っていうか、失望よりもっとひどいことになるかも。野々村さんの言葉を自分の声で、頭の中で繰り返す。涼さんはもう、私が知っていた涼さんではないかもしれない。ブッダラタではないのかもしれない。そうだとしても会いたいの？ 私は私に聞く。会いたい、と私は答える。会って、彼が私に会いに来た理由を聞きたい。私の絵を描いていた理由を聞きたい。それに、私を殴った理由も。涼さんの声で、彼の言葉で聞きたいのだ。綾さんのことが認識できないと言う可能性もありますよ。渉を託した男性編集者はそう言っていた。たぶん、野々村さんが言えずにいたことを、代わりに言ったのだろう。それでも行くの？ 私が私に聞く。行く、と私は答える。涼さんは私を殴った後、いったんは逃げ出したけれど、そのあとは自分で警察に出頭した。そのことが小さな希望になっている。

車は高い塀に沿って走りはじめた。塀の向こうにはさらに背が高い、森のようにうっそうとした木々が見える。木々の向こうにときどき白い壁が見えるのが病院だった。敷地内は広くて、目指す病棟までさらにくねくねと道があった——まるで、決心を変える猶予《ゆうよ》を与える、とでもいうように。でも、車は病棟に着き、私たちは降りた。薬品の匂いが染み込んだ、古い建物。野々村さんが受付をしてくれて、事務室の中から出て来た白衣の男性が、私たちを涼さんのところまで案内してくれることになった。病室は二階で、男性は階段を使った。私たちの足音のほかには何の音も聞こえなかった。

二階に着くと長い廊下があって、ずっと先のほうのドアの前にやっぱり白衣の人が座っていた。その男性は私たちを見ると腰を浮かせた。私たちはそこまで歩いた。病棟についてから、ずいぶん長く歩いたみたいな気がした。病室の前にいた人が私を見て、「あっ」と声を上げた。私の頭の絆創膏に気がついたらしい。

ひ……と彼が言いかけたのは、「被害者」と言おうとしたのかもしれない。

「怪我をされた……」

と彼は言い換えて、探るように私を見た。

「音村綾です」

と私は言った。

「逮捕はされてないそうです」

と私たちを連れてきた男性が言った。病室の前にいた人は「ああ」と頷いた。

「面会されますか？」

「はい」

と私は頷き、

「大丈夫でしょうか」

と野々村さんが言った。

「僕らもついていきますから」

私はひとりで涼さんに会いたかったけれど、不承不承《ふしょうぶしょう》頷いた。

「あっ」

病室の前にいた人が、もう一度声を上げた。そして座っていた折りたたみ椅子の背の後ろから、ビニールで包まれた板のようなものを引っ張り出した。ずっとそこに立てかけてあったようだった。

「これを預かっていたんですよ。患者にはまだ見せないほうがいいということになっていて……。あなたの絵ですよ。今、ご覧になりますか」

「いや、どうかな、それは」

私たちを連れてきた人が慌てたように言ったけれど、

「見ます」

と私は言った。ふたりの男性はしばらく小声で話し合っていたけれど、結局、ビニールの包みから絵を出して私に渡してくれた。

私は、私を見た。涼さんが彼の中から取り出した私。たぶん、彼の中にずっといた私だった。

「私をひとりで行かせてください」

野々村さんとふたりの男性は、反対する言葉をしばらくの間あれこれと口にしたけれど、最終的に、ドアを開けたままにしておくということで、私ひとりで病室に入ることが許された。

私はドアノブに手をかけた。それをゆっくりと回して、ドアを開けた。

装画——牧野千穂
装丁——十河岳男

井上荒野（いのうえ・あれの）

一九六一年東京生まれ。『潤一』で島清恋愛文学賞、『切羽へ』で直木賞、『そこへ行くな』で中央公論文芸賞、『赤へ』で柴田錬三郎賞、『その話は今日はやめておきましょう』で織田作之助賞を受賞。他に『あちらにいる鬼』『百合中毒』『生皮　あるセクシャルハラスメントの光景』など多数。近作に『僕の女を探しているんだ』『照子と瑠衣』『錠剤F』『ホットプレートと震度四』『猛獣ども』などがある。

編集　刈谷政則

だめになった僕

二〇二四年十月二十一日　初版第一刷発行

著者　井上荒野
発行者　石川和男
発行所　株式会社小学館
〒一〇一-八〇〇一　東京都千代田区一ツ橋二-三-一
編集　〇三-三二三〇-五七二〇　販売　〇三-五二八一-三五五五
ＤＴＰ　株式会社昭和ブライト
印刷所　萩原印刷株式会社
製本所　株式会社若林製本工場

造本には十分注意しておりますが、
印刷、製本など製造上の不備がございましたら
「制作局コールセンター」（フリーダイヤル〇一二〇-三三六-三四〇）
にご連絡ください。
（電話受付は、土・日・祝休日を除く九時三十分～十七時三十分）

ISBN 978-4-09-386720-7